RÉFLEXIONS

SUR

LE SUICIDE.

———

PAR

MAD. LA BARONNE

DE STAËL - HOLSTEIN.

———

ÉDITION ORIGINALE.

———

A BERLIN 1813,

SE VEND DANS LA REALSCHULBUCHHANDLUNG.

A SON ALTESSE ROYALE

LE PRINCE ROYAL

DE SUÈDE.

MONSEIGNEUR !

J'ai écrit ces réflexions sur le Suicide, dans un moment où le malheur me faisait éprouver le besoin de me fortifier par le secours de la méditation. C'est près de Vous, MONSEIGNEUR, que mes peines se sont adoucies; mes enfans et moi nous avons fait comme ces bergers d'Arabie, qui lorsqu'ils voient venir l'orage, se retirent à l'abri du laurier. Vous n'avez jamais considéré la mort, Monseigneur, que comme dévouement à la patrie; et jamais Votre âme n'a pu être atteinte par ce découragement que ressentent quelquefois lès êtres qui se croient inutiles sur la terre. Néanmoins Votre esprit transcendant n'est étranger à aucun sujet philosophique, et Vous voyez de trop haut, pour que rien puisse Vous échapper. Je n'avais jusqu'à ce jour dédié mes ouvrages qu'à la mémoire de mon Père; je Vous ai demandé, Monseigneur, l'honneur de Vous rendre hommage, parce que Votre vie publique signale à tous les yeux les vertus réelles qui seules méritent l'admiration des penseurs.

Un courage intrépide Vous distingue personnellement entre tous les braves, mais ce courage est dirigé par une bonté non moins sublime; le sang des guerriers, les pleurs du pauvre, les inquiétudes même du faible sont l'objet de Votre humanité prévoyante. Vous craignez la souffrance de Vos semblables, et le

les, aussi fier des barrières constitutionnel-
les, que d'autres en seraient impatiens.

Les devoirs ne Vous semblent jamais des
bornes, mais des appuis, est c'est ainsi
que Votre déférence habituelle pour la sa-
gesse expérimentée du Roi ajoute un nouveau lustre au pouvoir qu'Il Vous confie.

Poursuivez, Monseigneur, la carrière
dans laquelle un si bel avenir Vous est
offert, et Vous montrerez au monde ce
qu'il avait désappris, c'est que les véri-
tables lumières enseignent la morale, et
que les héros vraîment magnanimes, loin de
mépriser l'espèce humaine, ne se croient
supérieurs aux autres hommes, que par
les sacrifices mêmes qu'ils leur font.

Je suis avec respect,

de VOTRE ALTESSE ROYALE,

MONSEIGNEUR,

la très-humble et très-obéissante servante

NECKER,

Baronne de STAËL HOLSTEIN.

rang éminent où Vous êtes placé ne pourra jamais effacer de Votre coeur la sympathie. Un Français disait de Vous, Monseigneur, que Vous réunissiez *la chevalerie du Républicanisme à la chevalerie de la Royauté:* en effet, dans quelque sens que la générosité puisse s'exercer, elle Vous est toujours native.

Dans les rapports de la société Vous ne mettez point à la gêne, par une roideur factice, l'esprit et l'âme de ceux qui Vous entourent. Vous pourriez, pour ainsi dire, gagner tout un peuple *un à un*, si chaque individu qui le compose, avait le bonheur de s'entretenir un quart-d'heure avec Vous; mais à côté de cette affabilité pleine de grâces, Votre mâle énergie Vous attache tous les caractères forts.

Cette Nation Suédoise, jadis si célébre par ses exploits, et qui conserve encore les grandes qualités que ses ancêtres ont manifestées, chérit en Vous le présage de sa gloire. Vous respectez les droits de cette Nation, Monseigneur, par penchant et par conscience, et l'on Vous a vu, dans plusieurs circonstances diffici-

Réflexions sur le Suicide.

C'est pour les ma'heureux qu'il faut écrire; ceux
qui sont en possession des prospérités de ce monde,
ne s'instruisent que par leur propre expérience, et
les idées générales en toutes choses ne leur paraissent que du temps perdu. Il n'en est pas ainsi de
ceux qui souffrent: la réflexion est leur plus sûr
asile, et séparés par l'infortune des distractions de
la société, ils s'examinent eux-mêmes, et cherchent,
comme un malade qui se retourne dans un lit de
douleur, quelle est la position la moins pénible qu'ils
puissent se procurer.

L'excès du malheur fait naître la pensée du Suicide, et cette question ne saurait être trop approfon-
die; elle tient à toute l'organisation morale de
l'homme. Je me flatte de présenter quelques aperçus nouveaux sur les motifs qui peuvent conduire à
cette action, et sur ceux qui doivent en détourner.
Je discuterai ce sujet sans malveillance comme sans
exaltation. Il ne faut pas haïr ceux qui sont assez
malheureux pour détester la vie; il ne faut pas louer
ceux qui succombent sous un grand poids: car s'ils

pouvaient marcher en le portant, leur force morale serait plus grande *).

Les personnes qui d'ordinaire condamnent le Suicide, se sentant sur le terrain du Devoir et.de la Raison, se servent souvent, pour soutenir leur opinion, de certaines formes méprisantes, qui peuvent blesser leurs adversaires ; elles mêlent aussi quelquefois d'injustes attaques contre l'enthousiasme en général, à la censure méritée d'un acte coupable. Il me semble au contraire, que c'est par les principes mêmes du véritable enthousiasme, c'est-à-dire de l'amour du beau moral, qu'on peut aisément montrer, combien la résignation à la destinée est d'un ordre plus élevé que la révolte contre elle.

Je me propose de présenter la question du Suicide sous trois rapports différens: j'examinerai d'abord *Quelle est l'action de la souffrance sur l'âme humaine;* secondement, je montrerai *Quelles sont les lois que la religion chrétienne nous impose relativement au Suicide,* et troisièmement je considérerai *En quoi consiste la plus grande dignité morale de l'homme sur cette terre.*

Première Section.

Quelle est l'action de la souffrance sur l'âme humaine?

On ne saurait se le dissimuler, il y a, sous le rapport des impressions causées par la douleur, autant de différence entre les individus, qu'il en peut

---

*) J'ai loué l'acte du Suicide dans mon ouvrage sur l'Influence des passions, et je me suis toujours repentie depuis de cette parole inconsidérée. J'étais alors dans tout l'orgueil et la vivacité de la première jeunesse; mais à quoi servirait-il de vivre, si ce n'était dans l'espoir de s'améliorer?

exister relativement au génie et au caractère; non seulement les circonstances, mais la manière de les sentir diffère tellement, que des personnes très-estimables d'ailleurs peuvent ne pas s'entendre à cet égard; et cependant, de toutes les bornes de l'esprit, la plus insupportable, c'est celle qui nous empêche de comprendre les autres.

Il me semble que le bonheur consiste *dans la possession d'une destinée en rapport avec nos facultés.* Nos désirs sont une chose momentanée et souvent funeste même à nous, mais nos facultés sont permanentes et leurs besoins ne cessent jamais: il se peut donc que la conquête du monde fût nécessaire à Alexandre, comme la possession d'une cabane à un berger. Il ne s'ensuivrait pas que la race humaine dût se prêter à servir d'aliment aux facultés gigantesques d'Alexandre; mais on peut dire que, d'après sa nature, lui, ne savait être heureux qu'ainsi.

La puissance d'aimer, l'activité de la pensée, le prix qu'on attache à l'opinion, font de tel ou tel genre de vie une existence douce pour les uns et tout-à-fait pénible pour les autres. L'inflexible loi du devoir est la même pour tous, mais les forces morales sont purement individuelles, et la profonde connaissance du coeur humain peut seule donner à nos jugemens sur le bonheur et le malheur de ceux qui ne nous ressemblent pas, une équité philosophique.

Il me semble donc qu'il ne faut jamais disputer sur ce que chacun éprouve; le conseil ne peut porter que sur la conduite et la fermeté d'âme, dont la vertu et la religion font une égale loi dans tou-

4

tes les situations; mais les causes du malheur et son
intensité varient autant que les circonstances et les
individus. Ce serait vouloir compter les flots de la
mer, qu'analyser les combinaisons du sort et du caractère. Il n'y a que la conscience qui soit en nous
comme un être simple et invariable, dont nous pouvons tous obtenir, ce dont nous avons tous besoin
— le repos de l'âme. — La plupart des hommes
se ressemblent, non pas dans ce qu'ils font, mais
dans ce qu'ils peuvent faire, et nul être capable de
réfléchir ne niera, qu'en commettant des fautes contre la morale, on sent toujours qu'on était le maître
de les éviter. Si donc on reconnaît qu'il est or-
donné à l'homme sur cette terre de supporter la
douleur, on ne saurait s'excuser ni par la violence
de cette douleur, ni par la vivacité du sentiment
qu'elle cause. Chaque individu possède en lui-même
les moyens d'accomplir son devoir; et ce qu'il y a
d'admirable dans la nature morale, comme dans la
nature physique, c'est à quel point le nécessaire est
également et universellement réparti, tandis que le
superflu est diversifié de mille manières.

La douleur physique et la douleur morale sont
une et même chose dans leur action sur l'âme; car
la maladie est une peine aussi bien qu'une souffrance; mais la douleur physique fait d'ordinaire périr le corps, tandis que les douleurs morales servent
à régénérer l'âme.

Il ne suffit pas de croire avec le Stoïcien, *que la
douleur n'est point un mal;* il faut être convaincu
qu'elle est un bien, pour s'y résigner. Le plus pe-
tit mal serait insupportable, si l'on le considérait
comme purement accidentel; l'irritabilité individuelle

influant sur la manière de sentir, on n'aurait pas plus de droit de blâmer un homme qui se tuerait pour une piqûre d'épingle, que pour une attaque de goutte; pour une contrariété, que pour un chagrin. Le moindre sentiment de douleur peut révolter l'âme, s'il ne tend pas à la perfectionner; car il y a plus d'injustice dans un léger mal, s'il est inutile, que dans la plus grande peine, si elle tend vers un noble but.

Ce n'est pas ici le cas de remonter à la grande question métaphysique, qui a vainement occupé tous les philosophes: *l'origine du mal.* Nous ne pouvons concevoir la liberté de l'homme sans possibilité du mal. Nous ne pouvons concevoir la vertu sans la liberté de l'homme, ni la vie éternelle sans la vertu; cette chaîne, dont le premier anneau nous est tout à la fois incompréhensible et indispensable, doit être considérée comme la condition de notre être. Si la réflexion et le sentiment nous conduisent à croire, qu'il y a toujours dans les voies de la Providence une justice cachée ou manifeste; nous ne pouvons considérer la souffrance ni comme accidentelle ni comme arbitraire. L'homme aurait le même droit de se plaindre pour un bonheur de moins que pour une peine de plus, s'il croyait que la Divinité pût communiquer à la créature des qualités ou des puissances sans bornes, et qu'ainsi l'infini fût transmissible. Pourquoi l'homme ne s'irriterait-il pas de n'avoir pas toujours vécu, comme de devoir cesser d'être? Enfin, sur quelles bases reposent ses plaintes? Est-ce contre le système de l'univers qu'il se révolte, ou contre la part qu'il a dans un ensemble soumis à d'invariables lois?

La douleur est un des élémens nécessaires de la faculté d'être heureux, et nous ne pouvons concevoir l'une sans l'autre. La vivacité de nos désirs tient aux difficultés qu'ils rencontrent; l'ébranlement de nos jouissances, à la crainte de les perdre; la vivacité de nos affections, aux dangers qui menacent les objets de notre amour. Enfin nul mortel n'a pu délier le noeud gordien du plaisir et de la peine que par le fer qui tranche la vie.

— Oui, diront quelques individus malheureux, nous nous soumettons à la balance des biens et des maux que le cours ordinaire des événemens amène; mais quand nous sommes traités en ennemis par le sort, il est juste d'échapper à ses coups. — D'abord, le régulateur qui détermine le résultat de cette balance, est tout entier en nous-mêmes: le même genre de vie qui réduit l'un au désespoir, comblerait de joie l'homme placé dans une sphère d'espérances moins élevée. Cette réflexion n'est point en opposition avec ce que j'ai dit sur les ménagemens qu'on doit aux diverses manières de sentir: sans doute, le bonheur de l'un peut être en désaccord avec le caractère de l'autre; mais la résignation convient également à tous. S'il y a dans la nature physique deux forces opposées qui font mouvoir le monde: l'Impulsion et la Gravitation; on peut affirmer aussi, que le besoin d'agir et la nécessité de se soumettre, la Volonté et la Résignation, sont les deux pôles de l'être moral, et l'équilibre de la raison ne peut se trouver qu'entre-deux.

La plupart des hommes ne comprennent guères que deux Puissances dans la vie, le Sort et leur Volonté, qui peut, à ce qu'ils croient, influer sur ce sort; ils passent donc d'ordinaire de l'irritation à l'orgueil. Quand ils sont en état d'irritation, ils maudissent le destin, comme les enfans battent la table contre laquelle ils se heurtent; et quand ils sont satisfaits des événemens de la vie, ils se les attribuent tout entiers, et se complaisant dans les moyens qu'ils ont employés pour les diriger, ils considèrent ces moyens comme l'unique source de leur félicité. Il y a erreur dans ces deux façons de voir.

La Volonté de l'homme agit d'ordinaire, il est vrai, concurremment avec la destinée; mais quand cette destinée devient de la nécessité, c'est-à-dire quand elle prend le caractère de l'Irréparable, elle est la manifestation des desseins de la Providence sur nous. Un homme d'esprit disait: *la nécessité rafraîchit.* Il faut s'élever à une grande hauteur pour adopter ce mot dans son entier; mais toujours est-il vrai qu'on doit avoir pour le Sort un genre de respect. C'est une puissance qui tour-à-tour subite et lente, imprévue ou préparée, se saisit de la vie à une certaine époque et en détermine le cours; mais loin que le Sort soit aveugle, comme on se plaît à le dire, l'on croirait qu'il nous connaît, car presque toujours il nous atteint dans nos faiblesses les plus intimes. C'est le Tribunal secret qui nous juge, et lorsqu'il paraît injuste, peut-être savons-nous seuls ce qu'il veut nous dire et ce qu'il exige de nous.

Il n'y a point de doute que nous ne sortions sensiblement meilleurs de l'épreuve de l'adversité, quand nous nous y soumettons avec une fermeté douce. Les plus grandes qualités de l'âme ne se développent que par la souffrance, et ce perfectionnement de nous-mêmes nous rend, après un certain temps, le bonheur; car le cercle se referme et nous ramène aux jours d'innocence qui précédèrent nos fautes. C'est donc se soustraire à la vertu, que de se tuer parce qu'on est malheureux : c'est se soustraire aux jouissances que cette vertu nous aurait données quand nous aurions triomphé de nos peines par son secours. Les Platoniciens disaient, *que l'âme avait besoin d'un certain temps de séjour sur cette terre, pour s'épurer des passions coupables.* On croirait en effet, que la vie a pour but de renoncer à la vie. La nature physique accomplit cette oeuvre par la destruction, et la nature morale par le sacrifice. L'existence humaine bien conçue, n'est autre chose que l'abdication de la Personnalité pour rentrer dans l'Ordre universel. Les enfans ne comprennent qu'eux, les jeunes gens qu'eux et les amis qui font partie d'eux-mêmes; mais dès que les avant-coureurs du déclin arrivent, il faut ou se consoler par des pensées générales, ou s'abandonner à toutes les terreurs que présente la dernière moitié de la vie, car c'est bien peu de chose que les circonstances heureuses ou malheureuses de chaque individu, en comparaison des lois inflexibles de la nature. La vieillesse et la mort devraient mettre tous les hommes au désespoir bien plus que leurs chagrins particuliers; mais on se soumet facilement à la condition universelle, et l'on se révolte contre son propre partage, sans réfléchir, que la condition universelle se retrouve dans chaque lot, et que ses différences sont plus apparentes que réelles.

En traitant de *la dignité morale de l'homme,* je prononcerai fortement la différence qui existe en-

tre le Suicide et le Dévouement ; c'est-à-dire entre
le sacrifice de soi aux autres, ou ce qui est la même
chose, à la vertu ; et le renoncement à l'existence,
parce qu'elle nous est à charge. Les motifs qui dé-
terminent à se donner la mort, changent tout-à-fait
la nature de cette action ; car lorsqu'on abdique la
vie pour faire du bien à ses semblables, on immole,
pour ainsi dire, son corps à son âme, tandis que,
quand on se tue par l'impatience de la douleur, on
sacrifie presque toujours sa conscience à ses passions.

On a néanmoins eu tort de prétendre, que le
Suicide était un acte de lâcheté : cette assertion for-
cée n'a convaincu personne ; mais on doit distinguer
dans ce cas la bravoure de la fermeté. Il faut, pour
se tuer, ne pas craindre la mort ; mais c'est manquer
de fermeté d'âme que de ne pas savoir souffrir.
Une sorte de rage est nécessaire pour vaincre en
soi l'instinct conservateur de la vie, quand ce n'est
pas un sentiment religieux qui nous en demande le
sacrifice. La plupart de ceux qui ont vainement
essayé de se donner la mort, n'ont pas renouvelé
leurs tentatives, parce qu'il y a dans le Suicide,
comme dans tous les actes désordonnés de la volonté, une certaine folie, qui s'apaise quand elle atteint de trop près à son but. Le malheur n'est
presque jamais une chose absolue ; ses rapports avec
nos souvenirs ou nos espérances en composent souvent la plus grande partie, et quand une secousse
très-vive s'opère en nous-mêmes, notre douleur
s'offre souvent à notre imagination sous un aspect
tout différent.

Revoyez, après dix ans, une personne qui a subi
une grande privation de quelque nature qu'elle

soit, et vous *saurez* qu'elle souffre et jouit par une autre cause que cette privation même, dans laquelle consistait son malheur dix ans auparavant. Il n'est pas dit pour cela, que le bonheur soit rentré dans son âme, mais l'espérance et la crainte ont pris en elle un autre cours; et c'est de l'activité de ces deux sentimens que se compose la vie morale.

Il y a une cause de Suicide, qui intéresse presque tous les coeurs de femme: c'est l'amour; le charme de cette passion est sûrement le principal motif des erreurs qu'on commet dans la manière de juger l'homicide de soi-même. On veut que l'amour subjugue les plus hautes puissances de l'âme, et qu'il n'y ait rien au-dessus de son empire. Tous les genres d'enthousiasme ayant subi l'atteinte de l'incrédulité moqueuse, les romans ont maintenu le prestige du sentiment dans quelques contrées du monde où la bonne-foi s'est retirée; mais de tous les malheurs de l'amour il n'en est qu'un, ce me semble, contre lequel la force de l'âme puisse se briser: c'est la mort de l'objet qu'on aime et dont on est aimé.

Un frissonnement intérieur obscurcit la nature entière, quand le coeur avec lequel se confondait notre existence, repose glacé dans le tombeau. Cette douleur, l'unique peut-être qui dépasse ce que Dieu nous a donné de force contre la souffrance, a pourtant été considérée par divers moralistes comme plus facile à supporter que celles dans lesquelles l'orgueil offensé se mêle de quelque manière. En effet, dans le malheur que cause l'infidélité de ce qu'on aime, c'est bien le coeur qui reçoit la blessure, mais l'amour-propre y verse ses poisons. Sans doute aussi un sentiment plus noble que l'amour-propre nous déchire, quand nous sommes obligés de renoncer à l'estime que nous avions conçue pour le premier objet de nos affections, quand il ne reste plus d'un enthousiasme aussi profond que le souvenir des vaines apparences qui l'ont causé. Mais il faut cependant se le prononcer avec rigueur, du moment que dans une liaison intime et sincère, telle qu'elle doit exister entre des êtres vrais et purs, l'un des deux est infidèle, l'un des deux peut tromper; c'est qu'il était indigne du sentiment qu'il inspirait. Je ne veux point par ce raisonnement imiter ces pédans qui réduisent les peines de la vie à des syllogismes. On souffre de mille manières, on souffre par des sentimens divers, opposés, contradictoires; et nul n'a le droit de contester à qui que ce soit sa douleur. Mais dans tout chagrin de l'âme, où l'amour-propre peut entrer pour quelque chose, il est aussi insensé que coupable de vouloir se tuer; car tout ce qui tient à la vanité, est nécessairement passager, et il ne faut pas accorder à ce qui est passager, le droit de nous lancer dans l'éternité.

Un malheur entièrement dégagé de tout mouvement d'orgueil, serait donc le seul qui motiverait le Suicide; mais par cela même qu'un tel malheur consiste en entier dans la sensibilité, la religion en adoucit l'amertume. La Providence, qui veut que toutes les blessures de l'âme humaine puissent être guéries, vient au secours de celui qu'elle a frappé d'un coup plus fort que ses forces. Souvent alors les palmes de l'Ange de paix ombragent notre tête abattue, et qui sait si cet Ange n'est pas l'objet même que nous regrettons? qui sait si, touché de nos larmes, il n'a pas obtenu du ciel même le pouvoir de veiller sur nous?

Les peines de sentiment, qu'aigrit l'amour-propre, sont nécessairement modifiées par le temps ; et les peines dont la touchante nature est sans mélange d'aucun mouvement d'orgueil, inspirent une disposition religieuse qui porte l'âme à la résignation.

Les plus fréquentes causes du Suicide dans les temps modernes, ce sont la ruine et le déshonneur. Les revers de la fortune, telle que la société est combinée, causent une peine très-vive, et qui se multiplie sous mille formes diverses. La plus cruelle de toutes cependant, c'est la perte du rang qu'on occupait dans le monde. L'imagination agit autant sur le passé que sur l'avenir, et l'on fait avec les biens qu'on possède, une alliance dont la rupture est cruelle ; mais après un certain temps, une situation nouvelle présente une nouvelle perspective à presque tous les hommes. Le bonheur est tellement composé de sensations relatives, que ce ne sont pas les choses en elles-mêmes, mais leur rapport avec la veille ou le lendemain, qui agit sur l'imagination. Si la destinée ou les menaces d'un maître ont fait craindre à un homme tel degré de douleur, et qu'il apprenne que la moitié de ce qu'il redoutait lui est épargnée, son impression sera toute différente de celle qu'il aurait ressentie, s'il n'avait pas éprouvé une aussi grande terreur. Le Sort entre presque toujours en composition avec les infortunés ; on dirait qu'il se repent, comme tout autre Souverain, d'avoir fait trop de mal.

L'opinion exerce sur la plupart des individus une action poignante dont il est très-difficile de diminuer la force : ce mot : — *je suis déshonoré* — trouble entièrement l'esprit de l'homme social, et l'on ne peut s'empêcher de plaindre celui qui succombe sous le poids de ce malheur, car probablement il ne l'avait pas mérité, puisqu'il le ressent avec tant d'amertume. Mais il faut encore ranger sous deux classes principales les causes du déshonneur: celles qui tiennent à des fautes que notre conscience nous reproche, ou celles qui naissent d'erreurs involontaires et nullement criminelles.

Le remords tient nécessairement à l'idée qu'on se fait de la Justice divine, car si nous ne comparions pas nos actions à ce type suprême de l'équité, nous n'aurions dans la vie que des regrets. On ne peut considérer l'existence que sous deux rapports: ou comme une partie de jeu dont le gain ou la perte consiste dans les biens de ce monde, ou comme un noviciat pour l'immortalité. Si nous nous en tenons à la partie de jeu, nous ne saurions voir dans notre propre conduite que la conséquence de raisonnemens bien ou mal faits: si nous avons la vie à venir pour but, ce n'est qu'à l'intention que notre conscience s'attache. L'homme borné aux intérêts de cette terre peut avoir des regrets, mais il n'y a de remords que pour l'homme religieux; or il suffit de l'être pour sentir que l'expiation est le premier devoir et que la conscience nous commande de supporter les suites de nos fautes afin de les réparer, s'il se peut, en faisant du bien. Le déshonneur mérité est donc pour l'homme religieux une juste punition à laquelle il ne se croit pas le droit de se soustraire: car quoique parmi les actions humaines il y en ait un grand nombre de plus perverses que le Suicide, il n'en est pas qui semble nous dérober aussi formellement à la protection de Dieu.

Les passions entraînent à des actes coupables dont le bonheur est le but, mais dans le Suicide il y a un renoncement à tout secours venant d'en haut qu'on ne saurait concilier avec aucune disposition pieuse.

Celui qui est vraiment atteint par le remords, s'écriera comme l'enfant prodigue: — *Je sais ce que je ferai, je retournerai vers mon père, je me prosternerai devant lui et je lui dirai: mon père, j'ai péché contre le ciel et contre vous, je ne mérite plus d'être appelé votre fils.* — C'est avec cette résignation touchante que s'exprime l'être religieux; car plus il se croit criminel, moins il s'attribue le droit de quitter la vie, puisqu'il n'a point fait de cette vie ce qu'exigeait le Dieu dont il la tenait. Quant aux coupables qui n'ont point foi à l'existence future et dont la considération dans ce monde est perdue, le Suicide, d'après leur manière de penser, n'a d'autre inconvénient pour eux que de les priver des chances heureuses qui leur resteraient encore, et chacun peut estimer ces chances ce qu'il veut d'après le calcul des probabilités.

Je crois qu'on peut affirmer que le déshonneur non-mérité n'est jamais durable. L'influence de la vérité sur le public est telle, qu'il suffit d'attendre pour être mis à sa place. Le temps est quelque chose de sacré, qui semble agir indépendamment même des événemens qu'il renferme. C'est un appui du faible et de l'infortuné, c'est enfin l'une des formes mystérieuses par lesquelles la Divinité se manifeste à nous. Le public qui est à quelques égards une chose si différente de chaque individu, le public qui est un homme d'esprit quoiqu'il se compose de tant d'êtres stupides, le public qui a de la générosité quoique des platitudes sans nombre soient commises par ceux qui en font partie, le public finit toujours par se rallier à la justice dès que des circonstances prédominantes et momentanées ont disparu. *Possédez vos âmes en paix par la patience,* dit l'Evangile. Ce conseil de la piété est aussi celui de la raison. Quand on réfléchit sur les livres saints, on y trouve l'admirable réunion des meilleurs conseils pour se passer de succès dans ce monde, et souvent aussi des meilleurs moyens pour en obtenir.

Les douleurs physiques, les infirmités incurables, toutes ces misères enfin que l'existence corporelle traîne après elle, sembleraient une des causes de Suicide les plus plausibles, et cependant ce n'est presque jamais, sur-tout parmi les modernes, ce genre de malheur qui porte à se tuer. Les douleurs qui sont dans le cours ordinaire des choses, accablent, mais ne révoltent pas. Il faut qu'il se mêle de l'irritation dans ce qu'on éprouve, pour qu'on se livre à la colère contre le destin et qu'on veuille ou s'en affranchir ou s'en venger, comme d'un oppresseur. Il y a un singulier genre d'erreur dans la manière dont la plupart des hommes considèrent leur destinée. L'on ne saurait trop présenter cette erreur sous ses diverses faces, tant elle a d'influence sur les impressions de l'âme: on dirait qu'il suffit d'avoir un certain nombre de compagnons d'infortune pour se résigner aux événemens quels qu'ils soient, et qu'on ne trouve d'injustice que dans les malheurs qui nous sont personnels. Cependant ces variétés, comme ces ressemblances, ne sont-elles pas pour la plupart compensées, et ne sont-elles pas

toutes, je le répète, également comprises dans les
lois de la nature ?

Je ne m'arrêterai point aux consolations commu-
nes qu'on peut tirer de l'espoir d'un changement
dans les circonstanses: il est des genres de peines
qui ne sont pas susceptibles de cette sorte de sou-
lagement; mais je crois qu'on peut hardiment prononcer qu'un travail fort et suivi a soulagé la plupart de ceux qui s'y sont livrés. Il y a un avenir
dans toute occupation, et c'est d'un avenir dont
l'homme a sans cesse besoin. Les facultés nous dé-
vorent comme le vautour de Prométhée, quand elles
n'ont point d'action au dehors de nous, et le travail exerce et dirige ces facultés: enfin, quand on a
de l'imagination, et la plupart de ceux qui souffrent
en ont beaucoup; on peut trouver des plaisirs toujours renouvelés dans l'étude des chefs-d'oeuvre de
l'esprit humain, soit qu'on en jouisse comme ama-
teur, ou comme artiste. Une femme d'esprit a dit,
que *l'ennui se mêlait à toutes les peines*, et cette
réflexion est pleine de profondeur. L'ennui véritable,
celui des esprits actifs, c'est l'absence d'intérêt pour
tout ce qui nous entoure, combinée avec des facultés qui rendent cet intérêt nécessaire: c'est la soif,
sans la possibilité de se désaltérer. Tantale est une
assez juste image de l'âme dans cet état. L'occupation rend de la saveur à l'existence, et les beaux arts
ont tout à la fois l'originalité des objets particuliers
et la grandeur des idées universelles. Ils nous main-
tiennent en rapport avec la nature; on peut l'aimer
sans le secours de ces médiateurs aimables, mais ils
apprennent cependant à la mieux goûter.

Il ne faut pas dédaigner, dans quelque tristesse
qu'on

qu'on soit plongé, les dons primitifs du Créateur: le vin et la nature. L'homme social met trop d'importance au tissu de circonstances dont se compose son histoire personnelle. L'existence est en elle-même une chose merveilleuse. L'on voit souvent les malades n'invoquer qu'elle. Les sauvages sont heureux seulement de vivre, les prisonniers se représentent l'air libre comme le bien suprême, les aveugles seraient prêts à donner tout ce qu'ils possèdent pour revoir encore les objets extérieurs; les climats du midi, qui animent les couleurs et développent les parfums, produisent une impression indéfinissable; les consolations philosophiques ont moins d'empire que les jouissances causées par le spectacle de la terre et du ciel. Ce qu'il faut donc le plus soigner parmi nos moyens de bonheur, c'est la puissance de la contemplation. On est si à l'étroit dans soi-même, tant de choses nous y agitent et nous y blessent, qu'on a sans cesse besoin de se plonger dans cette mer des pensées sans bornes; l'on doit, comme dans le Styx, s'y rendre invulnérable, ou tout au moins résigné.

Nul n'osera dire qu'on peut tout supporter dans ce monde, nul n'osera se confier assez dans ses forces pour en répondre; il est bien peu d'êtres doués de quelques facultés supérieures, que le désespoir n'ait atteint plus d'une fois, et la vie ne semble souvent qu'un long naufrage, dont les débris sont l'amitié, la gloire et l'amour. Les rives du temps, qui s'est écoulé pendant que nous avons vécu, en sont couvertes; mais si nous en avons sauvé l'harmonie intérieure de l'âme, nous pouvons encore entrer en communication avec les oeuvres de la Divinité.

18

La clémence du Ciel, le repos de la mort, une certaine beauté de l'univers, qui n'est pas là pour narguer l'homme, mais pour lui prédire de meilleurs jours; quelques grandes idées, toujours les mêmes, sont comme les accords de la création, et nous rendent du calme quand nous nous accoutumons à les comprendre. C'est à ces mêmes sources que le héros et le poëte viennent puiser leurs inspirations. Pourquoi donc quelques gouttes de la coupe qui les élève au - dessus de l'humanité, ne seraient-elles pas salutaires pour tous?

On accuse le Sort de malignité, parce qu'il frappe toujours sur la partie la plus sensible de nous-mêmes: ce n'est point à la malignité du Sort qu'il faut s'en prendre, mais à l'impétuosité de nos désirs, qui nous précipite contre les obstacles que nous rencontrons, comme on s'enferre toujours plus avant dans la vivacité du combat. Et d'ailleurs, l'éducation que nous devons recevoir de la douleur, porte nécessairement sur la portion de notre caractère, qui a le plus besoin d'être réprimée. Nous ne pouvons admettre la croyance en Dieu, sans supposer qu'il dirige le Sort dans son action sur l'homme; nous ne pouvons donc considérer ce Sort comme une puissance aveugle: reste à considérer si celui qui la gouverne, a donné la liberté à l'homme pour s'y soumettre ou s'y soustraire. C'est ce que nous allons examiner dans la seconde partie de ces réflexions.

Seconde Section.

Quelles sont les lois que la religion chrétienne nous impose relativement au Suicide?

Lorsque l'Ancien des douleurs, Job fut atteint par tous les genres de maux, lorsqu'il perdit sa fortune et ses enfans et que d'affreuses souffrances physiques lui firent éprouver mille morts: sa femme lui conseilla de renoncer à la vie. — *Bénis Dieu*, lui dit-elle, *et meurs*. — *Quoi*, lui répondit-il, *je n'accepterais pas les maux de la même main dont j'ai reçu les biens*, et dans quelque désespoir qu'il fût plongé, il sut se résigner à son sort et sa patience fut récompensée. On croit que Job a précédé Moïse; il existait du moins bien long-temps avant la venue de Jésus-Christ, et dans une époque où l'espoir de l'immortalité de l'âme n'était point encore garanti au genre humain. Qu'aurait-il donc pensé maintenant? On voit dans la Bible des hommes qui, tels que Samson et les Machabées, se dévouent à la mort pour accomplir un dessein qu'ils croient noble et salutaire, mais nulle part on ne trouve des exemples du Suicide dont le dégoût ou les peines de la vie soient l'unique cause. Nulle part ce Suicide, qui n'est qu'une désertion du Sort, n'a été considéré comme possible. On a beaucoup dit qu'il n'y avait aucun passage de l'Évangile qui indiquât la désapprobation formelle de cet acte. J. C. dans ses discours remonte plutôt aux principes des actions qu'à l'application détaillée de la loi: mais ne suffit-il pas que l'esprit général de l'Évangile tende à consacrer la résignation?

Heureux ceux qui pleurent, dit J. C., *car ils seront consolés: si quelqu'un veut venir avec moi, qu'il renonce à soi-même, qu'il prenne sa croix et qu'il me suive. Vous serez bienheureux lorsqu'à cause de moi vous serez injuriés et persécutés.* Partout J. C. annonce que sa mission est d'apprendre aux hommes que le malheur a pour objet de purifier l'âme et que le bonheur céleste est obtenu par les revers supportés religieusement ici bas. C'est le but spécial de la doctrine de J. C. que l'explication du sens inconnu de la douleur.

On trouve de très-belles choses en fait de morale sociale et dans les prophètes hébreux et dans les philosophes païens: mais c'est pour prêcher la charité, la patience et la foi que J. C. est descendu sur la terre; et ces trois vertus tendent toutes également à soulager les malheureux. La première: la charité, nous apprend nos devoirs envers eux; la seconde: la patience, leur enseigne à quelles consolations ils doivent recourir, et la troisième: la foi, leur annonce leur récompense. La plupart des préceptes de l'Évangile manqueraient de base, s'il était permis de se donner la mort; car le malheur inspire à l'âme le besoin d'en appeler au ciel, et l'insuffisance des biens de ce monde est ce qui rend surtout une autre vie nécessaire.

Il est rare que les individus dans l'enivrement des jours prospères conservent un saint respect pour les choses sacrées. L'attrait des biens de ce monde est si vif qu'il fait tout pâlir, même l'éclat d'une existence future. Un philosophe allemand, en disputant avec ses amis, disait une fois: *je donnerais pour obtenir telle chose, deux millions d'années*

de ma félicité éternelle, et il était singulièrement
modéré dans le sacrifice qu'il offrait: car les jouissances temporelles ont d'ordinaire bien plus d'activité que les espérances religieuses, et la vie spiri-
tuelle ou le christianisme, ce qui est une et même
chose, n'existerait pas, s'il n'y avait pas de la douleur dans le fond du coeur de l'homme. Le Suicide
réfléchi est inconciliable avec la foi chrétienne, puis-
que cette foi repose principalement sur les différens
devoirs de la résignation. Quant au Suicide causé
par un moment de délire, par un accès de désespoir, il se peut que le divin Législateur des hommes n'ait pas eu l'occasion d'en parler au milieu
des Juifs qui n'offraient guères d'exemples de ce
genre d'égarement. Il combattait sans cesse dans
les Pharisiens les vices d'hypocrisie, d'incrédulité et
de froideur. L'on dirait qu'il a considéré les torts
des passions comme des maladies de l'âme et non
comme son état habituel, et qu'il s'est toujours plus
appliqué à l'esprit général de la morale qu'aux préceptes qui peuvent dépendre des circonstances.

J. C. recommande sans cesse à l'homme de ne
point s'occuper de la vie en elle-même, mais de
ses rapports avec l'immortalité. *Pourquoi vous met-
tez-vous en souci de vos vêtemens?* dit-il: *voyez
les lis des champs, ils ne travaillent ni ne filent;
et cependant Salomon dans toute sa gloire n'a
pas été vêtu aussi magnifiquement qu'eux.* Ce
n'est point la paresse ni l'insouciance que J. C. con-
seille par ce passage, mais une sorte de calme qui
serait utile même dans les intérêts de ce monde.
Les guerriers appellent ce sentiment la confiance
dans son bonheur, les hommes religieux l'espoir

dans le secours de la Providence: mais les uns et les autres trouvent dans cette disposition intérieure de l'âme un genre d'appui qui fait juger plus clairement les circonstances mêmes de cette vie, tout en donnant des ailes pour y échapper.

On croit s'affranchir du joug des événemens humains en se promettant de se tuer, si l'on n'atteint pas le but de ses désirs. Dans un tel système l'on se considère comme uniquement au service de soi-même et libre de se quitter dès qu'on n'est plus content des conditions du sort. Si l'Evangile s'accordait avec cette manière de voir, on y trouverait des leçons de prudence: mais toutes celles qui tiennent à la vertu n'auraient qu'une application bien restreinte, car la vertu ne consiste jamais que dans la préférence qu'on donne aux autres, c'est-à-dire à son devoir sur ses intérêts personnels; or lorsqu'on renonce à la vie seulement parce qu'on n'est pas heureux, c'est soi seul que l'on préfère à tout, et l'on est pour ainsi dire égoïste en se donnant la mort.

De tous les argumens religieux qu'on a fait contre le Suicide, celui sur lequel on est revenu le plus souvent, c'est qu'il est formellement compris dans la défense exprimée par ce commandement de Dieu: *tu ne tueras pas.* Sans doute cet argument aussi peut être admis, mais comme il est impossible de considérer l'homme qui se tue, du même oeil qu'un assassin, le véritable point de vue de cette question, c'est que le bonheur n'étant pas le but de la vie humaine, l'homme doit tendre au perfectionnement et considérer ses devoirs comme n'ayant rien à démêler avec ses souffrances.

Marc-Aurèle dit *qu'il n'y a pas plus de mal à sortir de la vie que d'une chambre lorsqu'il y fume :* certes s'il en était ainsi, les Suicides devraient être bien plus fréquens encore qu'ils ne le sont, car il est difficile, quand l'illusion de la jeunesse est passée, de réfléchir sur le cours des choses et d'aimer constamment l'existence. On pourrait persister dans cette existence par la crainte d'en sortir ; mais si ce seul motif nous retenait sur la terre, tous ceux qui ont vaincu la terreur par des habitudes militaires, toutes les personnes dont l'imagination est plus frappée du fantôme de la vie que de celui de la mort, s'épargneraient les derniers jours qui répètent d'une voix si rauque les airs brillans des premiers.

J. J. Rousseau dans sa lettre pour le Suicide dit : *Pourquoi serait-il permis de se faire couper la jambe, s'il ne l'était pas de s'ôter la vie ? La volonté de Dieu ne nous a-t-elle pas également donné l'une et l'autre ?* Un passage de l'Evangile semble répondre textuellement à ce sophisme : *Si votre bras vous est une occasion de chûte,* dit J. C., *coupez-le. Si votre oeil vous égare, arrachez-le et le rejetez loin de vous.* Ce que l'Evangile dit, s'applique à la tentation et non au Suicide ; mais néanmoins on peut y puiser la réfutation de l'argument de J. J. Rousseau. Il est permis à l'homme de chercher à se guérir de tous les genres de maux : mais ce qui lui est interdit, c'est de détruire son être, c'est-à-dire la puissance qu'il a reçue de choisir entre le bien et le mal. Il existe par cette puissance, il doit renaître par elle, et tout est subordonné à ce principe d'action auquel se rapporte en entier l'exercice de la liberté.

J. C. en encourageant les hommes à supporter les peines de la vie, rappelle sans cesse l'efficacité de la prière. *Heurtez,* dit-il, *et l'on vous ouvrira: demandez, et vous obtiendrez.* Mais les espérances qu'il donne ne se rapportent pas aux événemens de cette vie: c'est la disposition de l'âme sur laquelle la prière a le plus d'empire. On appelle également bonheur, le contentement intérieur et les prospérités de la terre, et cependant rien ne diffère autant que ces deux sources de jouissances. Les philosophes du dix-huitième siècle ont appuyé la morale sur les avantages positifs qu'elle peut procurer dans ce monde, et l'ont considérée comme l'intérêt personnel bien entendu. Les chrétiens ont transposé le foyer de nos plus grandes satisfactions au fond de l'âme. Les philosophes promettent les biens temporels à ceux qui sont vertueux, ils ont raison à quelques égards: car dans le cours ordinaire des choses il est très-probable que les bénédictions de cette vie accompagnent une conduite morale; mais si l'attente à cet égard était trompée, le désespoir serait donc légitime; car la vertu n'étant considérée que comme une spéculation, lorsqu'elle est manquée, l'on pourrait abdiquer l'existence. Le Christianisme, au contraire, place le bonheur avant tout dans les impressions qui nous viennent par la conscience. N'avons-nous pas éprouvé, même à part des sentimens religieux, que notre disposition intérieure n'était pas toujours en rapport avec nos circonstances, et que souvent l'on se sentait plus ou moins heureux qu'on n'aurait dû l'être d'après l'examen de sa situation? Si cela est ainsi par le simple effet de la mobilité de notre nature:

combien l'action sainte et secrète de la piété sur l'âme n'a-t-elle pas plus de pouvoir! On peut le demander à ces êtres vertueux que les afflictions ont visités: que de fois ne leur est-il pas arrivé d'éprouver au fond du coeur un calme inattendu? Je ne sais quelle musique céleste se faisait entendre dans le désert et semblait annoncer que la source sortirait bientôt du sein même du rocher.

Quand on a vu marcher à l'échafaud la victime la plus respectable et la plus pure que les factieux pussent immoler, Louis XVI: on se demandait, quel secours la main de Dieu lui prêtait dans cet abîme de malheur? Tout-à-coup on entendit la voix d'un Ange, qui sous la forme d'un Ministre de l'Eglise lui disait: — *Fils de Saint-Louis, montez au Ciel!* — Sa grandeur mondaine, ses espérances célestes, tout était rassemblé dans ces simples paroles. Elles le relevaient, en lui rappelant son illustre race, de l'abaissement où les hommes voulaient le précipiter: elles évoquaient ses aïeux, qui sans doute tenaient déjà leurs couronnes prêtes pour accueillir la venue de l'auguste Saint dans le ciel. Peut-être dans cet instant le regard de la foi les lui fit-il apercevoir. Il approchait des bornes du temps, et nos calculs des heures ne le concernaient déjà plus. Qui sait ce qu'un seul moment d'attendrissement put faire goûter alors de délices à son âme?

Lorsqu'une main sanguinaire lia les mains qui avaient porté le sceptre de la France, le même envoyé de Dieu dit à son roi: — *Sire, c'est ainsi que notre Seigneur fut conduit à la mort.* — Quel secours il prêtait au martyr en lui rappelant son divin modèle! En effet, le plus grand exemple du sacrifice de la vie n'est-il pas la base de la croyance des chrétiens? et cet exemple ne fait-il pas ressortir le contraste qui existe entre le Martyre et le Suicide? Le martyr sert la cause de la vertu en livrant son sang pour l'enseignement du monde: celui qui se rend coupable du Suicide, pervertit toutes les idées de courage et fait de la mort même un scandale. Le Martyre apprend aux hommes quelle force il y a dans la conscience, puisqu'elle l'emporte sur l'instinct physique le plus puissant: le Suicide prouve bien aussi le pouvoir de la volonté sur l'instinct, mais c'est celui d'un maître égaré qui ne sait plus tenir les rênes de son char et se précipite dans l'abîme au lieu de se diriger vers son but. On dirait que l'âme, en commettant cet acte terrible, éprouve je ne sais quel accès de fureur qui concentre en un instant l'éternité des peines.

La derniere scène de la vie de J. C. semble être destinée sur-tout à confondre ceux qui croient qu'on a le droit de se tuer pour échapper au malheur. L'effroi de la souffrance s'empara de celui qui s'était volontairement dévoué à la mort des hommes comme à leur vie. Il pria long-temps son Père dans le jardin des oliviers, et les angoisses de la douleur couvraient son front. — *Mon Père,* s'écria-t-il, *s'il est possible, que cette coupe s'éloigne de moi!* — Trois fois il répéta ce voeu, le visage baigné de larmes. Toutes nos peines avaient passé dans son divin être. Il craignait comme nous les outrages des hommes; comme nous peut-être il regrettait ceux qu'il chérissait, sa mère et ses disciples; comme nous, et mieux que nous

peut-être, il aimait cette terre féconde et les célestes plaisirs d'une active bienfaisance dont il re-
merciait son Père chaque jour. Mais ne pouvant
écarter le calice qui lui était destiné, il s'écria: —
que ta volonté soit faite, ô mon Père, — et se
remit entre les mains de ses ennemis. Que veut-on
chercher de plus dans l'Evangile sur la résignation
à la douleur et sur le devoir de la supporter avec
patience et courage ?

La résignation qu'on obtient par la foi religieuse
est un genre de Suicide moral, et c'est en cela qu'il
est si contraire au Suicide proprement dit, car le
renoncement à soi-même a pour but de se consacrer à ses semblables: et le Suicide causé par le dégoût de la vie n'est que le deuil sanglant du bonheur personnel.

St. Paul dit : — *Celui qui passe sa vie dans les
délices est mort en vivant.* — A chaque ligne on
voit dans les livres saints ce grand malentendu des
hommes du temps et de ceux de l'éternité: les premiers placent la vie où les autres voient la mort.
Il est donc simple que l'opinion des hommes du
temps consacre le Suicide, tandis que celle des
hommes de l'éternité exalte le Martyre: car celui
qui fonde la morale sur le bonheur qu'elle doit
donner sur cette terre, hait la vie, quand elle ne
réalise pas ce qu'il s'en promettait; tandis que celui
qui fait consister la véritable félicité dans l'émotion
intérieure qu'excitent les sentimens et les pensées en
communication avec la Divinité, peut être heureux
malgré les hommes et, pour ainsi dire, à l'insu
même du Sort. Quand les épreuves de l'existence
nous ont appris la vanité de nos propres forces et

la toute-puissance de Dieu, il s'opère quelquefois dans l'âme une sorte de régénération, dont la douceur est inexprimable. On s'accoutume à se juger soi-même, comme si l'on était un autre : à placer sa conscience en tiers entre ses intérêts personnels et ceux de ses adversaires : on se calme sur son propre sort, certain qu'on ne peut le diriger : on se calme aussi sur son amour-propre, certain que ce n'est pas nous-mêmes, mais le Public qui nous fera notre part : on se calme enfin sur ce qu'il est le plus difficile de supporter, les torts de ses amis, soit en reconnaissant nos propres imperfections, soit en confiant à la tombe de l'être qui nous a le plus aimé, nos pensées les plus intimes : soit enfin en reportant vers le Ciel la sensibilité qu'il nous a donnée. Quelle différence entre cette abnégation religieuse de la lutte terrestre, et la fureur qui porte à se détruire pour se délivrer de ce qu'on souffre ! Le renoncement à soi-même est, en tout, l'opposé du Suicide.

D'ailleurs, comment se croit-on assuré d'échapper par le Suicide à la douleur qui nous poursuit ? Quelle certitude les Athées peuvent-ils avoir de l'anéantissement, et les Philosophes, du mode d'existence que la nature leur réserve ? Lorsque Socrate enseigna dans la Grèce l'immortalité de l'âme, plusieurs de ses disciples et des penseurs de son temps se donnèrent la mort, avides de goûter cette vie intellectuelle, dont les confuses images du Paganisme ne leur avaient point offert l'idée. L'émotion que dut causer une doctrine si nouvelle, égara les imaginations ardentes ; mais les Chrétiens, à qui les promesses d'une vie future n'ont été faites qu'en y

joignant la menace des punitions pour les coupables, les Chrétiens peuvent-ils espérer que le Suicide soit un moyen de s'arracher à la peine qui les
dévore? Si notre âme survit à la mort, le sentiment
qui la remplissait toute entière, de quelque nature
qu'il soit, n'en fera-t-il plus partie? Qui de nous
sait, quel rapport est établi entre les souvenirs de la
terre et les jouissances célestes? Est-ce a nous d'a-
border par notre propre résolution sur cette plage
inconnue, dont une terreur violente nous repousse?
Comment anéantir, par un caprice de sa volonté,
et j'appelle ainsi tout ce qui n'est pas fondé sur
un devoir, l'oeuvre de Dieu dans nous-mêmes?
Comment déterminer sa mort, quand on n'a rien
pu sur sa naissance? Comment répondre de son
sort éternel, lorsque les plus simples actions de cette
courte vie ont souvent été pour nous l'occasion d'a-
mers regrets? Qui peut se croire plus sage et plus
fort que la destinée, et lui dire: — c'en est
trop? —

Le Suicide nous soustrait à la Nature aussi bien
qu'à son Auteur. La mort naturelle est adoucie
presque toujours par l'affaiblissement des forces,
et l'exaltation de la vertu nous soutient dans le sacrifice de la vie à ses devoirs. Mais l'homme qui
se tue, semble arriver avec d'hostiles armes sur
l'autre rive du tombeau et défier à lui seul les images de terreur qui sortent des ténèbres.

Ah! qu'il faut de désespoir pour un tel acte!
Que la pitié, la plus profonde pitié soit accordée à celui qui le commet, mais que du moins
l'orgueil humain ne s'y mêle pas! Que le malu-
heureux ne se croie pas plus homme en étant

30

moins Chrétien, et que l'être qui pense, sache
toujours où placer la véritable dignité morale
de l'homme !

Troisième Section.

De la Dignité morale de l'homme.

Presque tous les individus tendent ici-bas ou
à leur bien-être physique, ou à leur considération
dans le monde, et la plupart à tous les deux réunis. Mais la considération consiste pour les uns
dans l'ascendant que donnent le pouvoir et la fortune, et pour les autres dans le respect qu'inspirent
le talent et la vertu. Ceux qui cherchent le pouvoir et la fortune, désirent bien cependant qu'on
leur croie des qualités morales et surtout des facultés supérieures; mais c'est un but secondaire
qui doit céder au premier; car une certaine connaissance dépravée de la race humaine apprend
que les solides avantages de cette vie sont ceux
qui nous asservissent les intérêts des hommes plus
encore que leur estime.

Nous laisserons de côté, comme tout-à-fait
étrangers à notre sujet, ceux dont l'ambition a seulement pour but le pouvoir et la fortune : mais
nous examinerons avec attention, en quoi consiste
la dignité morale de l'homme; et cet examen nous
conduira nécessairement à juger l'action d'immoler
sa vie sous deux points de vue absolument contrai-
res : le sacrifice inspiré par la vertu, ou le dégoût

qui résulte des passions trompées. Nous avons op-posé, sous le rapport de la religion, le Martyre au Suicide : nous pouvons, de même, sous le rapport de la dignité morale, présenter le contraste du dé-vouement à ses devoirs avec la révolte contre son sort.

D'ordinaire le Dévouement conduit plutôt à re-cevoir la mort qu'à se la donner ; cependant il y a chez les Anciens des Suicides de dévouement. Cur-tius se précipitant au fond de l'abîme pour le com-bler, Caton se poignardant pour apprendre au monde qu'il existait encore une âme libre sous l'empire de César, de tels hommes ne se sont pas tués pour échapper à la douleur : mais l'un a voulu sauver sa patrie, et l'autre offrir à l'univers un exemple dont l'ascendant subsiste encore : Caton passa la nuit qui précéda sa mort, à lire le Phédon de Socrate, et le Phédon condamne formellement le Suicide, mais ce grand citoyen savait qu'il s'im-molait non à lui-même, mais à la cause de la li-berté ; et selon les circonstances cette cause peut exiger d'attendre la mort comme Socrate, ou de se la donner comme Caton.

Ce qui caractérise la véritable dignité morale de l'homme, c'est le Dévouement. Ce qu'on fait pour soi-même, peut avoir une sorte de grandeur qui commande la surprise ; mais l'admiration n'est due qu'au sacrifice de la personnalité sous quelque forme qu'elle se présente. L'élévation de l'âme tend sans cesse à nous affranchir de ce qui est purement in-dividuel, afin de nous unir aux grandes vues du Créateur de l'univers. Aimer et penser ne nous soulagent et ne nous exaltent qu'en nous arrachant

32

aux impressions égoïstes. Le Dévouement et l'enthousiasme font entrer un air plus pur dans notre sein. L'amour-propre, l'irritation, l'impatience sont des ennemis contre lesquels la conscience nous oblige à lutter, et le tissu de la vie d'un être moral se compose presque en entier de l'action et de la réaction continuelle de la force intérieure contre les circonstances du dehors, et des circonstances extérieures contre cette force. Elle est la vraie mesure de la grandeur de l'homme, mais elle n'a droit à notre admiration que dans l'être généreux qui se l'oppose à lui-même et sait s'immoler quand elle le commande.

Le génie et le talent peuvent produire de grands effets sur cette terre, mais dès que leur action a pour but l'ambition personnelle de celui qui les possède, ils ne constituent plus la nature divine dans l'homme. Ils ne servent qu'à l'habileté, qu'à la prudence, qu'à toutes ces qualités mondaines dont le type est dans les animaux, quoique le perfectionnement en appartienne à l'homme. La patte du renard ou la plume de celui qui vend son opinion à son intérêt, est une et même chose sous le rapport de la dignité morale. L'homme de génie qui se sert lui-même aux dépens du bonheur de la race humaine, de quelques facultés éminentes qu'il soit doué, n'agit jamais que dans le sens de l'égoïsme, et sous ce rapport le principe de la conduite de tels hommes est le même que celui des animaux. Ce qui distingue la conscience de l'instinct, c'est le sentiment et la connaissance du devoir, et le devoir consiste toujours dans le sacrifice de soi aux autres. Tout le problème de la vie morale

rale est renfermé là dedans, toute la dignité de l'être humain est en proportion de sa force, non-seulement contre la mort, mais contre les intérêts de l'existence. L'autre force, c'est-à-dire celle qui renverse les obstacles opposés à nos désirs, a le succès pour récompense aussi bien que pour but, mais il n'est pas plus admirable de faire usage de son esprit pour asservir les autres à ses passions, que d'employer son pied pour marcher ou sa main pour prendre; et dans l'estimation des qualités morales, c'est le motif des actions qui seul en détermine la valeur.

Hégésippe de Cyrène, disciple d'Aristippe, prêchait le Suicide en même temps que la volupté. Il prétendait que les hommes ne devaient avoir que le plaisir pour objet dans ce monde: mais comme il est très-difficile de s'en assurer les jouissances, il conseillait la mort à ceux qui ne pouvaient les obtenir. Cette doctrine est une de celles, d'après laquelle on peut le mieux motiver le Suicide, et elle met en évidence le genre d'égoïsme qui se mêle, ainsi que je l'ai dit, à l'acte même par lequel on veut s'anéantir.

Un professeur Suédois, nommé Robeck, a écrit un long ouvrage sur le Suicide est s'est tué après l'avoir composé; il dit dans ce livre, qu'il faut encourager le mépris de la vie jusqu'à l'homicide de soi-même. Les scélérats ne savent-ils pas aussi mépriser la vie? Tout consiste dans le sentiment auquel on en fait le sacrifice. Le Suicide relatif à soi, que nous avons soigneusement distingué du sacrifice de son existence à la vertu, ne prouve qu'une chose en fait de courage, c'est que la vo-

34

lonté de l'âme l'emporte sur l'instinct physique:
des milliers de grenadiers donnent sans cesse la
preuve de cette vérité. Les animaux, dit - on, ne
se tuent jamais. Les actes de réflexion ne sont pas
dans leur nature; ils passent être enchaînés au
présent, ignorer l'avenir, et n'avoir recueilli du passé
que des habitudes. Mais dès que leurs passions
sont irritées, ils bravent la douleur, et cette dernière douleur que nous appelons la mort, dont ils
n'ont sans doute aucune idée. Le courage d'un
grand nombre d'hommes tient souvent aussi à cette
imprévoyance. Robeck a tort d'exalter autant le
mépris de la vie. Il y a deux manières de la sa-
crifier, ou parce qu'on donne au devoir la préférence sur elle, ou parce qu'on donne aux passions
cette préférence, en ne voulant plus vivre dès qu'on
a perdu l'espoir d'être heureux. Ce dernier sentiment ne saurait mériter l'estime. Mais se fortifier
par sa propre pensée au milieu des revers de la
vie; se faire un appui de soi contre soi, en oppo-
sant le calme de sa conscience à l'irritation de son
caractère: voilà le vrai courage auprès duquel celui
qui vient du sang, est bien peu de chose, et celui
qu'inspire l'amour - propre, encore moins.

Quelques personnes prétendent qu'il est des circonstances, où se sentant à charge aux autres, on
peut se faire un devoir de les délivrer de soi. Un
des grands moyens d'introduire des erreurs dans la
morale, c'est de supposer des situations auxquelles
il n'y a rien à répondre, si ce n'est qu'elles n'existent pas. Quel est l'infortuné qui ne rencontrera
jamais un être auquel il puisse porter quelque con-
solation? Quel est l'homme malheureux qui par sa

patience et sa résignation ne donnera pas un exemple qui émeuve les âmes et fasse naître des sentimens que jamais les meilleures leçons ne suffiraient pour inspirer? La moitié de la vie est du déclin; quelle a donc été l'intention du Créateur en imposant cette triste perspective à l'homme, à l'homme dont l'imagination a besoin d'espoir et qui ne compte jamais ce qu'il a, que comme un moyen d'obtenir plus encore? Il est clair que le Créateur a voulu que l'être mortel parvînt à se déprendre de lui - même et qu'il commençât ce grand acte de désintéressement long - temps avant que la dégradation de ses forces le lui rendît plus facile.

Dès que vous avez atteint l'âge mûr, vous entendez déjà de toutes parts parler de votre mort. Mariez - vous vos enfans? c'est en faisant valoir vous - même la fortune qu'ils auront quand vous ne serez plus. Les devoirs de la paternité consistent dans un dévouement continuel, et dès que les enfans ont atteint l'âge de raison, presque toutes les jouissances qu'ils donnent, sont fondées sur les sacrifices qu'on leur fait. Si donc le bonheur était l'unique but de la vie il faudrait se tuer dès qu'on a cessé d'être jeune, dès que l'on descend la montagne dont le sommet semblait environné de tant d'illusions brillantes.

Un homme d'esprit à qui l'on faisait compliment du courage avec lequel il avait supporté de grands revers, répondait : — *je me suis bien consolé de n'avoir plus vingt - cinq ans.* — En effet il est bien peu de douleurs plus amères que la perte de la jeunesse. L'homme s'y accoutume par degrés, dira - t - on, — sans doute le temps est un allié de

36

la raison. il affaiblit les résistances qu'elle rencontre en nous-mêmes, mais quelle est l'âme impétueuse que n'irrite pas l'attente de la vieillesse? Les passions se calment-elles toujours en proportion des facultés? Ne voit-on pas souvent le spectacle du supplice de Mezence renouvelé par l'union d'une âme encore vivante et d'un corps détruit, ennemis inséparables? Que signifie ce triste avant-coureur dont la nature fait précéder la mort? si ce n'est l'ordre d'exister sans bonheur et d'abdiquer chaque jour, fleur après fleur, la couronne de la vie.

Les Sauvages n'ayant point l'idée de la destinée religieuse ou philosophique de l'homme croient rendre service à leurs pères en les tuant, quand ils sont vieux; cet acte est fondé sur le même principe que le Suicide. Il est certain que le bonheur, dans l'acception que lui donnent les passions, que les jouissances de l'amour-propre du moins n'existent guère plus pour les vieillards; mais il en est qui par le développement de la dignité morale, semblent nous annoncer l'approche d'une autre vie comme dans les longs jours du nord le crépuscule du soir se confond avec l'aurore du matin suivant. J'ai vu ces nobles regards tout pénétrés d'avenir; ils semblaient déclarer prophète le vieillard qui ne s'occupait plus du reste de ses années, mais se régénérait lui-même par l'élévation de son âme, comme s'il eût déjà franchi le tombeau. C'est ainsi qu'il faut s'armer contre la douleur. C'est ainsi que dans la force de l'âge même, souvent la destinée nous donne le signal de ce détachement de l'existence que le temps nous commandera tôt ou tard.

— Vous avez des pensées bien humbles, diront quelques hommes convaincus que la fierté consiste dans ce qu'on exige du sort et des autres, tandis qu'elle consiste au contraire dans ce qu'on se commande à soi-même. Ces mêmes hommes mettent en contraste le christianisme avec la doctrine philosophique des anciens, et prétendent que cette doctrine était bien plus favorable à l'énergie du caractère que celle dont la résignation est la base. Mais certes il ne faut pas confondre la résignation à la volonté de Dieu avec la condescendance pour le pouvoir des hommes. Ces héros citoyens de l'antiquité qui auraient supporté la mort plutôt que l'esclavage, étaient capables d'une soumission religieuse envers la puissance du Ciel, tandis que des écrivains modernes qui prétendent que le christianisme affaiblit l'âme, pourraient bien, malgré leur force apparente, se plier sous la tyrannie avec plus de souplesse qu'un vieillard débile mais chrétien.

Socrate, ce saint des sages, refusa de se sauver de sa prison, lorsqu'il était condamné à mort: Il crut devoir donner l'exemple de l'obéissance aux magistrats de sa patrie, quoiqu'ils fussent injustes envers lui. Ce sentiment n'appartient-il pas à la véritable fermeté du caractère? Quelle grandeur aussi dans cet entretien philosophique sur l'immortalité de l'âme, continué avec tant de calme jusqu'à l'instant où le poison lui fut apporté! Depuis deux mille ans les penseurs, les héros, les poëtes, les artistes ont consacré la mort de Socrate par leur culte; mais ces milliers de Suicides causés par le dégoût et l'ennui dont les annales de tous les coins du monde sont remplies, quelles traces ont-ils laissées dans le souvenir de la postérité?

Si les anciens s'enorgueillissent de Socrate, les chrétiens, sans compter même les martyrs, peuvent présenter un grand nombre d'exemples de cette force généreuse de l'âme auprès de laquelle l'irritation ou l'abattement qui portent à se tuer, ne sont dignes que de pitié. Thomas Morus, chancelier d'Henri VIII, pendant une année entière enfermé dans la tour de Londres, refusa tous les jours les offres qu'un Roi tout-puissant lui faisait faire pour rentrer à son service en étouffant le scrupule de conscience qui l'en tenait éloigné. Thomas Morus sut mourir en aimant la vie, ce qui redouble encore la grandeur du sacrifice. Ecrivain célèbre, il aimait ces occupations intellectuelles qui remplissent toutes les heures d'un intérêt toujours croissant. Une fille chérie, une fille qui pouvait comprendre le génie de son père, répandait sur l'intérieur de sa maison un charme habituel. Il était dans un donjon, derrière ces grilles qui ne laissent pénétrer qu'une lueur brisée par des barreaux funèbres: et non loin de cet horrible séjour une campagne délicieuse, sur les bords verdoyans de la Tamise, lui offrait la réunion de tous les plaisirs que les affections de famille et les études philosophiques peuvent donner. Cependant il fut inébranlable, l'échafaud ne put l'intimider : sa santé cruellement altérée n'affaiblit point sa résolution, il trouva des forces dans ce foyer de l'âme qui est inépuisable parce qu'il doit être éternel. Il mourut, parce qu'il le voulait, immolant à sa conscience le bonheur avec la vie; sacrifiant toutes les jouissances à ce sentiment du devoir, la plus grande merveille de la nature morale, celle qui féconde le coeur comme dans l'ordre physique le soleil éclaire le monde.

L'Angleterre, où cet homme si vertueux était né, où tant d'autres citoyens ont sacrifié si simplement leur vie à la vertu : l'Angleterre, dis-je, est pourtant le pays dans lequel il se commet le plus de suicides : et l'on s'étonne avec raison, qu'une nation où la religion exerce un si noble empire, offre l'exemple d'un tel égarement. Mais ceux qui se représentent les Anglais comme des hommes d'un caractère froid, se laissent tout-à-fait tromper par la réserve de leurs manières. Le caractère anglais est en général très-actif et même très-impétueux; leur admirable Constitution, qui développe au plus haut degré les facultés morales, peut seule suffire à leur besoin d'agir et de penser: la monotonie de l'existence ne leur convient point, quoiqu'ils s'y astreignent souvent. Ils diversifient alors par les exercices du corps le genre de vie qui nous paraît uniforme.

Aucune nation n'aime à se hasarder autant que les Anglais, et d'un bout du monde à l'autre, de la chute du Rhin aux cataractes du Nil, si quelque chose de singulier et de dangereux a été tenté; c'est par un Anglais. Des paris extraordinaires, quelquefois même des excès blâmables sont une preuve de la véhémence de leur caractère. Leur respect pour toutes les lois, c'est-à-dire pour la loi morale, la loi politique et la loi des convenances, réprime au-dehors leur ardeur naturelle: mais elle n'en existe pas moins, et quand les circonstances ne leur donnent pas d'aliment; quand l'ennui s'empare de ces imaginations si vives; il y produit des ravages incalculables.

On prétend aussi que le climat d'Angleterre porte singulièrement à la mélancholie : je n'en puis juger, car le ciel de la liberté m'a toujours paru le plus pur de tous; mais je ne crois pas que ce soit à cette cause physique qu'on doive surtout attribuer les fréquens exemples de Suicide. Le ciel du nord est bien moins agréable que celui de l'Angleterre, et cependant on y est moins sujet au dégoût de la vie, parce que l'esprit y a moins besoin de mouvement et de diversité. Une autre cause rend aussi les Suicides plus fréquens en Angleterre, c'est l'extrême importance que l'on y attache à l'opinion publique : dès que la réputation d'un homme est altérée, la vie lui devient insupportable. Cette grande terreur du blâme est certainement un frein très-salutaire pour la plupart des hommes; mais il y a quelque chose de plus sublime encore, c'est d'avoir un asyle en soi-même et d'y trouver, comme dans un sanctuaire, la voix de Dieu qui nous invite au repentir de nos fautes, ou nous récompense de nos bonnes intentions méconnues.

Le Suicide est très-rare chez les peuples du midi. L'air qu'ils respirent leur fait aimer la vie, l'empire de l'opinion publique est moins absolu dans un pays où l'on a moins besoin de société, les jouissances d'une si belle nature suffisent aux grands comme au peuple, il y a dans le printemps de l'Italie de quoi distribuer du bonheur à tous les êtres.

L'Allemagne offre plusieurs exemples de Suicide, mais les causes en sont diverses et souvent bizarres, comme cela doit arriver chez un peuple où règne un enthousiasme métaphysique qui n'a point encore d'objet fixe ni de but utile. Les défauts des Allemands sont bien plus le résultat de leurs circonstances que de leur caractère, et ils s'en corrigeront, sans doute, s'il existe chez eux un ordre politique fait pour donner une carrière à des hommes dignes d'être citoyens.

Un événement récemment arrivé à Berlin peut donner l'idée de la singulière exaltation dont les Allemands sont susceptibles *). Les motifs particuliers qui ont pu égarer deux individus quelconques sont de peu d'importance; mais l'enthousiasme avec lequel on a parlé d'un fait pour lequel on devait tout au plus réclamer l'indulgence, mérite la plus sérieuse attention. Si deux personnes profondément malheureuses s'étaient donné la mort en implorant la commisération des êtres sensibles et en se recommandant aux prières des âmes pieuses, personne n'aurait pu se défendre de donner des larmes à la douleur qui rend insensé, quel que soit le genre de folie qu'elle suggère. Mais peut-on présenter comme le sublime de la raison, de la religion et de l'amour un assassinat mutuel? peut-on donner le nom de vertu à la conduite d'une femme qui se délie volontairement des devoirs

*) Mr. de K . . . et Me. de V . . ., deux personnes dont le caractère était très-estimé, sont partis de Berlin, lieu de leur demeure, vers la fin de l'année 1811, pour se rendre dans une auberge de Potsdam où ils ont passé quelques heures à prendre de la nourriture et à chanter ensemble les Cantiques de la Sainte Cène. Alors, d'un consentement mutuel, l'homme a brûlé la cervelle à la femme, et s'est tué l'instant d'après. Me. de V . . . avait un père, un époux et une fille. Mr. de K . . . était un poëte et un officier de mérite.

de fille, d'épouse et de mère ? à celle d'un homme qui lui prête son courage pour sortir ainsi de la vie ?

Quoi ! cette femme se confie assez dans l'action qu'elle commet pour écrire en mourant : *qu'elle veillera du haut des cieux sur sa fille.* Et tandis que le juste tremble souvent au lit de la mort; elle se croit assurée de la destinée des bienheureux. Deux êtres qu'on dit estimables, admettent la religion en tiers de l'acte le plus sanguinaire! deux chrétiens comparent le meurtre à la communion, en laissant ouvert à côté d'eux le cantique chanté par les fidèles lorsqu'ils se réunissent pour jurer d'obéir au divin modèle de la patience et de la résignation! Quel délire dans la femme, et quel abus de ses facultés dans l'homme! Car pouvait-il ne pas se regarder comme un assassin, bien qu'il eût obtenu le consentement de l'infortunée qu'il immolait? La volonté toujours momentanée d'un être humain donnait-elle à son semblable le droit d'enfreindre les principes éternels de la justice et de l'humanité? L'ami s'est tué, dira-t-on, presque en même temps que son amie: mais peut-on se croire ainsi la féroce propriété d'une autre existence, lors même qu'on immole aussi la sienne?

Et cet homme qui voulait mourir, n'avait-il pas de patrie, ne pouvait-il pas combattre pour elle? N'existait-il aucune entreprise noble et périlleuse dans laquelle il pût offrir un grand exemple? Quel est celui qu'il a donné? Il ne s'attendait pas, je pense, que le genre humain se réunît un jour pour abdiquer le don de la vie à la clarté du soleil: et cependant, quelle autre conséquence faudrait-il tirer du Suicide de ces deux personnes auxquelles on ne connaissait d'autre malheur que celui d'exister?

Quoi donc? il restait à ces amis fidèles un an peut-être, du moins un jour pour se voir et pour s'entendre, et volontairement ils ont anéanti ce bonheur? L'un deux a pu défigurer les traits dans lesquels il avait lu de généreuses pensées; l'autre a souhaité de ne plus entendre la voix qui les avait excitées dans son âme? Et tout ce qu'on expliquerait presque par de la haine, s'appellerait de l'amour? Il s'y mêlait, assure-t-on, la plus parfaite innocence. Est-ce assez pour justifier une si barbare folie? Et quel avantage de tels égaremens ne donnent-ils pas à ceux qui considèrent l'enthousiasme comme un mal?

Le véritable enthousiasme doit faire partie de la raison, parce qu'il est la chaleur qui la développe. Peut-il exister une opposition entre deux qualités naturelles à l'âme et qui sont toutes deux les rayons d'un même foyer? Quand on dit que la raison est inconciliable avec l'enthousiasme, c'est parce qu'on met le calcul à la place de la raison, et la folie à la place de la raison, toutes les fois que l'une et l'autre ont pris naissance dans la nature et qu'aucun mélange d'affectation n'en fait partie.

On s'étonne qu'on puisse trouver de l'affectation et de la vanité dans un Suicide: ces sentimens si petits, même dans cette vie, que sont-ils en présence de la mort? Il semble que rien n'est trop profond ni trop fort pour déterminer à l'acte le plus terrible. Mais l'homme a tant de peine à se figurer la fin de son existence, qu'il associe même au tombeau les plus misérables intérêts de ce monde. En effet, on ne peut s'empêcher de voir de l'affectation sentimentale d'une part et de la vanité philosophique de l'autre dans la manière dont le double Suicide de Berlin a été combiné. La mère envoie sa fille au spectacle la veille du jour où elle veut se tuer, comme si la mort d'une mère devait être considérée comme une fête pour son enfant et qu'il fallût déjà faire entrer dans ce jeune coeur les plus fausses idées de l'imagination égarée. Cette mère se revêt de parures nouvelles, ainsi qu'une victime sainte. Dans sa lettre à sa famille elle s'occupe des plus minutieux détails du ménage afin de montrer de l'insouciance pour l'acte qu'elle va commettre: de l'insouciance, grand Dieu, en disposant de soi sans votre ordre! en passant de la vie à la mort sans que le devoir ou la nature aide à franchir cet abîme!

L'homme qui, prêt à tuer son amie, célèbre un festin avec elle et s'exalte par des chants et des liqueurs comme s'il craignait le retour des mouvemens vrais et raisonnables! cet homme, dis - je, n'a - t - il pas l'air d'un auteur sans génie, qui veut produire avec une catastrophe véritable les effets auxquels il ne peut atteindre en poésie?

La vraie supériorité dans tous les genres n'est point de la bizarrerie: c'est une intensité plus énergique et plus profonde dans les impressions qu'éprouve la masse des hommes. Le génie, est à plusieurs égards, populaire: c'est - à - dire qu'il a des points de contact avec la manière de sentir du plus grand nombre. Il n'en est pas ainsi de l'esprit exalté ou de l'imagination travaillée: ceux qui se tourmentent pour attirer l'attention du public, pour l'emporter sur leurs semblables, croient avoir fait des découvertes dans des contrées inconnues du coeur humain. Ils vont jusqu'à s'imaginer que ce qui révolte les sentimens de la plupart des hommes, est d'un ordre plus relevé que ce qui les touche et les captive. Gigantesque vanité que celle qui nous met, pour ainsi dire, en dehors de notre espèce. L'éloquence et l'inspiration du talent raniment ce qui existait souvent dans le coeur des individus les plus obscurs, et ce qu'étouffaient en eux l'apathie ou des intérêts vulgaires. Les belles âmes par leurs écrits ou par leurs actions, dispersent quelquefois les cendres qui couvraient le Feu sacré. Mais créer, pour ainsi dire, un nouveau monde dans lequel la vertu fasse abandonner ses devoirs; la religion, se révolter contre l'autorité divine; l'amour, immoler ce qu'on aime: c'est le triste résultat de quelques sentimens sans harmonie, de quelques facultés sans force, et d'un besoin de célébrité auquel les dons de la nature ne se prêtaient pas.

Il ne vaudrait pas la peine de s'arrêter sur un acte de démence qui peut être excusé par des circonstances personnelles dont nous ignorons jusqu'à un certain point les détails, si cet événement n'avait pas eu des apologistes en Allemagne. Le goût des écrivains allemands pour l'esprit de système se retrouve dans presque tous les rapports de la vie; ils ne peuvent se résoudre à vouer toutes les forces de leur âme aux simples vérités déjà reconnues; on dirait qu'ils veulent innover en fait de sentiment et de conduite comme dans une oeuvre littéraire. Cependant la nature physique n'invente rien de

46

mieux que le soleil, la mer, les forêts et les fleuves;
pourquoi les affections du coeur ne seraient-elles
pas aussi toujours les mêmes dans leur principe,
quoique variées dans leurs effets? N'y a-t-il pas
bien plus de vraie chaleur dans ce qui est compris
par tous, que dans ces natures humaines inventées,
pour ainsi dire, comme une fiction faite à plaisir?

Les Allemands sont doués des qualités les plus
excellentes et des lumières les plus étendues; mais
c'est par les livres que la plupart d'entr'eux ont été
formés, et il en résulte une habitude d'analyse et
de sophisme, une certaine recherche de l'ingénieux
qui nuit à la mâle décision de la conduite. L'énergie qui ne sait où s'employer inspire les résolutions
les plus extravagantes; mais quand on peut consacrer ses forces à l'indépendance de sa patrie,
quand on peut renaître comme nation et faire re-
vivre ainsi le coeur de l'Europe paralysé par la ser-
vitude, alors il ne doit plus être question de *sen-
timentalité* maladive, de Suicides littéraires, de
commentaires abstraits sur ce qui révolte l'âme, il
faut imiter ces peuples forts et sains de l'antiquité
dont le caractère constant, direct, inébranlable ne
commençait rien sans l'achever; ils regardaient comme aussi lâche dans un citoyen de reculer devant
une résolution patriotique, qu'il le serait pour un
soldat de fuir un jour de bataille.

Le don de l'existence est un miracle de chaque
instant, la pensée et le sentiment qui la composent,
ont quelque chose de si sublime que l'on ne peut
sans étonnement contempler son être à l'aide des
facultés de cet être. Qu'est-ce donc que prodi-
guer dans un moment d'impatience et d'ennui le

souffle avec lequel nous avons senti l'amour, reconnu le génie et adoré la divinité? — Shakespear dit en parlant du Suicide: *faisons ce qui est courageux et noble suivant le sublime usage des Romains, et que la Mort soit orgueilleuse de nous prendre* *). En effet, si l'on était incapable de la résignation chrétienne qui soumet à l'épreuve de la vie, au moins devrait-on retourner à l'antique beauté du caractère des anciens, et faire sa divinité de la gloire, lorsqu'on ne se sentirait pas digne d'immoler cette gloire même à de plus hautes vertus.

Nous croyons avoir montré que le Suicide dont le but est de se défaire de la vie, ne porte en lui-même aucun caractère de dévouement et ne saurait par conséquent mériter l'enthousiasme.

L'esprit, le courage même ne sont dignes de louange que quand ils servent à ce dévouement qui peut produire plus de merveilles que de génie. On a vu les plus habiles succomber, mais la réunion des volontés religieuses et patriotiques ne saurait faillir. Il n'y a rien de vraiment grand sans le mélange d'une vertu quelconque. Toute autre règle de jugement conduit nécessairement à l'erreur. Les événemens de ce monde, quelque importans qu'ils nous paraissent, sont quelquefois mûs par les plus petits ressorts, et le hasard en réclame sa forte part. Mais il n'y a ni petitesse ni hasard dans un sentiment généreux: soit qu'il nous ait fait donner notre vie, ou qu'il n'ait exigé que le

---

*) — — — And then, what's brave, what's noble,
Let's do it after the high Roman fashion,
And make Death proud to take us.

sacrifice d'un jour: soit qu'il ait valu la couronne ou qu'il se perde dans l'oubli: soit qu'il ait inspiré des chefs - d'oeuvre ou conseillé d'obscurs bienfaits; n'importe. C'était un sentiment généreux: et c'est à ce seul titre que les hommes doivent admirer les actions d'un homme.

Il y a des exemples de Suicide chez la nation Française, mais ce n'est d'ordinaire, ni à la mélancholie du caractère ni à l'exaltation des idées, qu'on peut les attribuer. Des malheurs positifs ont déterminé quelques Français à cet acte, et ils l'ont commis avec intrépidité, mais aussi avec l'insouciance qui souvent les caractérise; néanmoins cette foule d'émigrés que la révolution a fait naître, a supporté les plus cruelles privations avec une sorte de sérénité dont aucune autre nation n'eût été capable. Leur esprit est plus enclin à l'action qu'à la réflexion, et cette manière d'être les distrait des peines de l'existence. Ce qui coûte le plus aux Français, c'est d'être éloignés de leur patrie : en effet, quelle patrie ne possédaient-ils pas avant que les factions l'eussent déchirée, avant que le despotisme l'eût avilie? Quelle patrie ne verrions - nous pas renaître, si c'était la nation qui disposât d'elle?

L'imagination se représente cette belle France qui nous accueillerait sous son ciel d'azur, ces amis qui s'attendriraient en nous revoyant, ces souvenirs de l'enfance, ces traces de nos parens que nous retrouverions à chaque pas; et ce retour nous apparaît comme une sorte de résurrection terrestre, comme une autre vie accordée dès ici-bas; mais si la bonté céleste ne nous a pas réservé

servé un tel bonheur, dans quelques lieux que nous soyons, nous prierons pour ce pays, qui sera si glorieux, si jamais il apprend à connaître la liberté, c'est-à-dire la garantie politique de la justice.

Notice sur Lady JANE GREY.

Lady Jane Grey était petite-nièce de Henry VIII par sa grand'-mère Marie, soeur de ce Roi et veuve de Louis XII; elle avait épousé Lord Guilford, fils du Duc de Northumberland. Ce dernier obtint d'Edouard VI, fils de Henry VIII, de l'appeler au trône par son testament en 1553 au détriment de Marie et d'Elisabeth; la première avait pour mère Catherine d'Arragon, et l'intolérance de son catholicisme la faisait redouter des protestans anglais; la naissance de la fille d'Anne de Boleyn pouvait être attaquée.

Le Duc de Northumberland fit valoir ces motifs auprès d'Edouard VI. Lady Jane Grey ne trouvant pas elle-même que ses droits à la couronne fussent assez valides, refusa d'abord d'accéder au testament d'Edouard; enfin les prières de son époux, qu'elle aimait tendrement et sur qui Northumberland exerçait un grand empire, arrachèrent à Lady Jane Grey le fatal consentement qu'on lui demandait. Elle régna neuf jours, ou plutôt son beau-père le Duc de Northumberland se servit de son nom pour gouverner pendant ce temps.

Marie, la fille aînée de Henry VIII, l'emporta malgré la résistance des partisans de la réformation; son caractère cruel et vindicatif se signala par la mort du Duc de Northumberland, de son fils Guilford et de l'innocente Jane Grey. Elle n'avait que dix-huit ans quand elle périt, et déjà son nom était célèbre par sa profonde connaissance des langues anciennes et modernes: on a des lettres d'elle en Latin et en Grec, qui supposent des facultés bien rares à son âge. C'était une personne d'une piété parfaite, et dont toute l'existence était empreinte de douceur et de dignité. Sa mère et son père insistèrent beaucoup tous les deux, pour obtenir d'elle, malgré sa répugnance, qu'elle montât sur le trône d'Angleterre. La mère elle-même porta le manteau de sa fille le jour de son couronnement; et le père, le Duc de Suffolk, fit une tentative pour réveiller le parti de Jane Grey lorsqu'elle était déjà dans les fers et condamnée à mort depuis plusieurs mois: c'est de ce prétexte que l'on se servit pour faire exécuter sa sentence, et le Duc de Suffolk périt peu de temps après sa fille.

La lettre que l'on va lire, pourrait avoir été écrite dans le mois de Février 1554; ce qu'il y a de certain, c'est qu'à cette époque, qui est celle de la mort de Lady Jane Grey, elle entretint de sa prison une correspondance suivie avec ses amis et ses parens, et que jusqu'à son dernier moment, son esprit philosophique et sa fermeté religieuse ne se démentirent point.

Lady Jane Grey au Docteur Aylmers.

C'est à vous que je dois, mon digne ami, l'instruction religieuse, cette vie de la foi qui peut seule se prolonger à jamais; mes dernières pensées s'adressent à vous dans l'épreuve solennelle à laquelle je suis condamnée. Trois mois se sont écoulés, depuis la sentence de mort que la Reine a fait prononcer contre mon époux et contre moi, en punition de ce malheureux règne de neuf jours, de cette couronne d'épines, qui n'a reposé sur ma tête que pour la dévouer à la mort. Je croyais, je vous l'avoue, que l'intention de Marie était de m'épouvanter par cette sentence, mais je n'imaginais pas qu'elle voulût répandre mon sang, qui est aussi le sien. Il me semblait que ma jeunesse suffisait pour m'excuser, quand il ne serait pas prouvé que j'ai résisté long - temps aux funestes honneurs dont j'étais menacée, et que ma déférence pour les désirs du Duc de Northumberland mon beau - père, a pu seule m'entraîner à la faute que j'ai commise; mais ce n'est pas pour accuser mes ennemis que je vous écris; ils sont l'instrument de la volonté de Dieu comme tout autre événement de ce monde, et je ne dois réfléchir que sur mes propres émotions. Enfermée dans cette tour, je vis de ce que je sens, et ma conduite morale et religieuse ne consiste que dans les combats qui se passent en moi-même.

Hier notre ami Asham vint me voir, et sa présence me causa d'abord un vif plaisir; elle réveilla dans mon esprit le souvenir des heures si douces et si fécondes que j'ai goûtées avec lui dans l'étude des anciens. Je voulais ne lui parler que de ces illustres morts dont les écrits m'ont ouvert une carrière de réflexions sans bornes. Asham, vous le savez, est sérieux et calme, il s'appuie sur la vieillesse pour supporter les maux de l'existence: en effet, la vieillesse d'un penseur n'est pas débile, l'expérience et la foi le fortifient, et quand l'espace qui reste est si court, un dernier effort suffit pour le parcourir; ce terme est encore plus rapproché pour moi que pour un vieillard, mais les douleurs rassemblées sur mes derniers jours seront amères.

Asham m'annonça que la Reine me permettait de respirer l'air dans le jardin de ma prison, et je ne puis exprimer la joie que j'en ressentis; elle fut telle que notre pauvre ami n'eut pas d'abord le courage de la troubler. Nous descendîmes ensemble et il me laissa jouir pendant quelque temps de cette nature dont j'étais privée depuis plusieurs mois; c'était un de ces jours de la fin de l'hiver qui annoncent le printemps: je ne sais si la belle saison elle - même aurait autant frappé mon imagination que ce pressentiment de son retour; les arbres tournaient leurs branches encore dépouillées vers le soleil; le gazon était déjà vert, quelques fleurs prématurées semblaient préluder par leurs parfums à la mélodie de la nature quand elle reparaît dans toute sa magnificence. L'air était d'une douceur inexprimable: il me semblait que j'entendais la voix de Dieu dans le souffle invisible et tout - puissant qui me redonnait à chaque instant la vie; la vie! quel mot j'ai prononcé! je croyais jusqu'à ce jour qu'elle était mon droit, et je recueille maintenant ses derniers bienfaits comme les adieux d'un ami.

Asham et moi nous nous avançâmes sur le bord de la Tamise, et nous nous assîmes dans le bois encore sans ombrage que la verdure doit bientôt revêtir: les flots semblaient étinceler par le reflet des rayons du ciel, mais quoique ce spectacle fût brillant comme une fête, il y a toujours quelque chose de mélancolique dans le cours des ondes, et je défie de les contempler long-temps sans se livrer à ces rêveries dont le charme consiste surtout dans une sorte de détachement de nous-mêmes. Asham s'aperçut de la direction de mes pensées, et tout-à-coup il prit ma main et la baignant de ses larmes: — Oh vous! (me dit-il) qui êtes toujours ma souveraine, faut-il que je sois chargé de vous apprendre le sort qui vous menace? Votre père a rassemblé vos partisans pour s'opposer à Marie, et cette Reine justement détestée s'en prend à vous de tout l'amour que votre nom fait naître. — Ses sanglots l'interrompirent. — Continuez, lui dis-je, oh! mon ami, souvenez-vous de ces génies méditatifs qui ont contemplé d'un oeil ferme la mort même de ceux qui leur étaient chers; ils savaient d'où nous venons et où nous allons, c'en est assez. —

— Hé bien, me dit-il, votre sentence doit être exécutée, mais je vous apporte le secours qui délivra tant d'hommes illustres de la proscription des Tyrans. — Ce vieillard, ami de ma jeunesse, m'offrait en tremblant le poison dont il aurait voulu me sauver au péril de ses jours. Je me rappelai combien de fois nous avions admiré ensemble de certaines morts volontaires parmi les anciens, et je tombai dans des réflexions profondes, comme si les lumières du Christianisme s'étaient tout - à - coup éteintes en moi et que je fusse livrée à cette indécision dont l'homme, même dans les plus simples occurrences, a tant de peine à se tirer. Asham se mit à genoux devant moi, sa tête blanchie était inclinée en ma présence, et couvrant ses yeux d'une de ses mains, il me tendait de l'autre la ressource funeste qu'il m'avait préparée. Je repoussai doucement cette main, et me recueillant par la prière, j'y trouvai la force de répondre ainsi.

— Asham, lui dis - je, vous savez avec quelles délices je lisais avec vous les philosophes et les poëtes de la Grèce et de Rome; les beautés mâles de leur langage, l'énergie simple de leur âme resteront à jamais incomparables. La société telle qu'elle est organisée de nos jours, a rempli la plupart des esprits de frivolités et de vanités, et l'on n'a pas honte de vivre sans réfléchir, sans chercher à connaître les merveilles du monde qui sont faites pour instruire l'homme par des symboles éclatans et durables. Les anciens l'emportent de beaucoup sur nous, parce qu'ils se sont faits eux - mêmes, mais ce que la révélation a mis dans l'âme du chrétien, est plus grand que l'homme. Depuis l'idéal des arts jusqu'aux règles de la conduite, tout doit se rapporter à la foi religieuse, et la vie n'a pour but que d'enseigner l'immortalité. Si je me dérobais au malheur éclatant qui m'est destiné, je ne fortifierais point par mon exemple l'espérance de ceux que mon sort doit émouvoir; les anciens élevaient leur âme par la contemplation de leurs propres forces, les chrétiens ont un témoin et c'est devant Lui qu'il faut vivre et mourir; les anciens voulaient glorifier la nature humaine, les chrétiens ne se regardent que comme la manifestation de Dieu sur la terre; les anciens mettaient au premier rang des vertus la mort qui soustrait au pouvoir des oppresseurs, les chrétiens estiment davantage le dévouement qui nous soumet aux volontés de la Providence. L'activité et la patience ont leur temps tour-à-tour; il faut faire usage de sa volonté tant que l'on peut ainsi servir les autres et se perfectionner soi-même; mais lorsque la destinée est, pour ainsi dire, face-à-face avec nous, notre courage consiste à l'attendre, et regarder le sort est plus fier que s'en détourner. L'âme se concentre ainsi dans ses propres mystères, toute action extérieure serait plus terrestre que la résignation.

— Je ne chercherai point, me dit Asham, à discuter avec vous des opinions dont l'inébranlable fermeté peut vous être nécessaire, je ne m'inquiète que de la souffrance à laquelle le sort vous condamne; pourrez-vous la supporter, et cette attente d'un coup mortel, d'une heure fixée, n'est-elle pas au-dessus de vos forces? Si vous terminiez vous-même votre sort, ne serait-il pas moins cruel?

— Il faut, lui répondis-je, laisser l'esprit divin se ressaisir de ce qu'il a donné. L'immortalité commence avant le tombeau, quand par notre propre volonté nous rompons avec la vie; dans cette situation les impressions intérieures de l'âme sont plus douces qu'on ne l'imagine. La source de l'enthousiasme devient tout-à-fait indépendante des objets qui nous entourent, et Dieu fait seul alors

toute notre destinée dans le sanctuaire le plus intime de nous-mêmes. — Mais, reprit Asham, pourquoi donner à vos ennemis, à cette Reine cruelle,
à ce peuple sans vertus, l'indigne spectacle ... . —
Il ne put achever.

— Si je me soustraisais, lui dis-je, même par la
mort, à la fureur de cette Reine, j'irriterais son orgueil, et je ne servirais pas d'instrument à son repentir. Qui sait à quelle époque l'exemple que je
vais donner, pourra faire du bien à mes semblables?
Comment juger moi-même la place que mon souvenir doit occuper dans la chaîne des événemens
de l'histoire? en me tuant, qu'apprendrai-je aux
hommes, si ce n'est la juste horreur qu'inspire un
supplice violent et le sentiment d'orgueil qui porte
à s'en délivrer? Mais en supportant ce terrible sort
par la fermeté que la religion me prête, j'inspire
aux vaisseaux battus comme moi par l'orage, plus
de confiance dans l'ancre de la foi qui m'a sou-
tenue. —

— Le peuple, dit Asham, croit coupables tous
ceux qu'il voit périr de la mort des criminels. —
Le mensonge, lui répondis-je, peut tromper quelques individus pendant quelques années, mais les
nations et les siècles font toujours triompher la
vérité; il y a de l'éternité dans tout ce qui tient
à la vertu, et ce que nous avons fait pour elle, ar-
rivera jusqu'à la mer, quelque faible ruisseau que
nous ayons été pendant notre vie. Non, je ne rou-
girai point de subir la punition des coupables, car
c'est mon innocence même qui m'y appelle, et ce
serait troubler le sentiment de cette innocence que
d'accomplir un acte de violence; on ne peut l'ob-

tenir de soi - même qu'en altérant la sérénité que l'âme doit ressentir à l'approche du ciel. — Ah! qu'y a-t-il de plus violent, s'écria notre ami, que cette mort sanglante . . . . — Le sang des martyrs, lui répondis - je, n'est - il pas un baume pour les blessures des infortunés? —

— Cette mort, reprit - il, imposée par les hommes, par la hache meurtrière qu'un barbare osera lever sur votre tête royale! — — Mon ami, lui dis - je, quand mes derniers momens seraient entourés de respect, ils ne m'inspireraient pas moins d'effroi; la mort porte - t - elle un diadème sur son front livide? N'est - elle pas toujours armée de la même faulx? Si c'était dans le néant qu'elle nous entraînât, vaudrait - il la peine de disputer avec cette ombre? Si c'est l'appel d'un Dieu sous ce voile de ténèbres, sans doute alors le jour est derrière cette nuit, et le ciel ne nous est caché que par de vains fantômes. —

— Quoi, dit encore d'une voix ébranlée cet ami que j'avais vu si calme dans d'autres temps, savez-vous que ce supplice peut être douloureux, qu'il peut se prolonger, qu'une main mal - assurée . . ? — Arrêtez, lui dis - je, je le sais, mais cela ne sera pas. — D'où vous vient cette confiance? — De ma propre faiblesse, repris - je; j'ai toujours craint la douleur physique, et mes efforts pour me donner le courage qui la brave, ont été vains. Je crois donc qu'elle me sera toujours épargnée. Car il y a beaucoup de protections secrètes exercées en faveur du chrétien, lors même qu'il semble le plus malheureux, et ce que nous sentons au - dessus de nos forces ne nous arrive presque jamais. L'on ne con-

naît d'ordinaire que l'extérieur du caractère de
l'homme ; ce qui se passe en lui - même, peut offrir
encore des aperçus nouveaux pendant des milliers
de siècles. L'irréligion a rendu l'esprit superficiel,
on s'en est pris de tout au dehors, à la circon-
stance, à la fortune ; le vrai trésor de la pensée
comme de l'imagination, ce sont les rapports du
coeur humain avec son Créateur ; là sont les pres-
sentimens, là les oracles, là les prodiges, et tout ce
que les anciens ont cru voir dans la nature n'était
qu'un reflet de ce qu'ils éprouvaient au - dedans
d'eux - mêmes à leur insçu. —

Nous gardâmes ensuite quelque temps le silence
Asham et moi ; une inquiétude me poursuivait et
je n'osais l'exprimer, tant j'en étais troublée. —
Avez - vous vu mon époux ? lui dis - je. — Oui, me
répondit Asham. — L'avez - vous consulté sur l'offre que vous vouliez me faire ? — Oui, reprit - il
encore. — Achevez de grâce, lui dis - je. Si Guilford
et ma conscience n'étaient pas d'accord, lequel de
ces deux pouvoirs me semblerait légitime ? — Lord
Guilford, me dit Asham, n'a pas exprimé d'opinion
sur le parti que vous deviez prendre, mais quant
à lui, sa résolution de périr sur l'échafaud est inébranlable. — Oh mon ami, m'écriai - je, combien je
vous remercie de m'avoir laissé le mérite du choix ;
si j'avais su plutôt la résolution de Guilford, je
n'aurais pas même délibéré, et l'amour aurait suffi
pour m'inspirer ce que la religion me commande.
Pourrais - je ne pas partager le sort d'un tel époux ?
Pourrais - je m'épargner une seule de ses souffrances ? et chacun de ses pas vers la mort ne me tra-
ce - t - il pas ma route ? — Asham comprit alors

que j'étais inébranlable; il s'éloigna de moi, triste
et pensif, et me promit de me revoir.

Le docteur Feckenham, chapelain de la reine,
vint peu d'heures après me déclarer que le jour de
mon supplice était fixé à vendredi prochain, dont
cinq jours encore me séparaient. Je vous l'avoue-
rai, il me sembla que je n'étais préparée à rien,
tant la désignation d'un jour me fit éprouver de
terreur. J'essayai de la cacher, mais sans doute
Feckenham s'en aperçut, car il se hâta de profiter
de mon trouble pour m'offrir la vie si je voulais
changer de religion. Vous voyez, mon digne ami,
que Dieu vint à mon secours dans cet instant, car
la nécessité de repousser une offre si indigne de
moi, me rendit les forces que j'avais perdues.

Le docteur Feckenham voulut entrer dans des
controverses que je repoussai en lui observant que
mes lumières étant nécessairement obscurcies par
la situation dans laquelle je me trouvais, je n'irais
pas, moi mourante, remettre en discussion les vérités dont j'avais été convaincue lorsque mon esprit était dans toute sa force. Il essaya de m'ef-
frayer en me disant qu'il ne me reverrait plus, ni
dans ce monde, ni dans le ciel, dont m'excluait ma
croyance religieuse. — Vous me causeriez plus d'effroi que mes bourreaux, lui répondis - je, si je pou-
vais vous croire; mais la religion à laquelle on immole sa vie, est toujours la vraie pour notre coeur.
Les lumières de la raison sont bien vacillantes dans
des questions si hautes, et je m'en tiens au dogme
du sacrifice, c'est celui-là dont je ne puis douter. —

Cet entretien avec le docteur Feckenham releva
mon âme abattue, la Providence venait de m'accor-

der ce qu'Asham désirait pour moi, une mort vo-
lontaire; je ne me tuais pas, mais je refusais de
vivre, et l'échafaud consenti par ma volonté, ne me
semblait plus que l'autel choisi par la victime. Renoncer à la vie qu'on ne pourrait acheter qu'au
prix de sa conscience, c'est le seul genre de Suicide
qui soit permis à l'homme vertueux.

Depuis que je croyais avoir fait mon devoir
j'osais compter sur mon courage, mais bientôt l'attachement à l'existence, que je me suis quelquefois
reproché dans les jours de ma félicité, se réveilla
dans mon faible coeur. Asham revint le lendemain
et nous allâmes encore une fois sur les bords de
cette Tamise, l'orgueil de notre belle contrée; j'essayai de reprendre mes sujets habituels d'entretien,
je récitai quelques passages des beaux chants de
l'Iliade et de Virgile, que nous avions étudiés ensemble, mais la poésie sert surtout à se pénétrer
d'un noble enthousiasme pour l'existence, le mélange séducteur des pensées et des images, de la
nature et de l'âme, de l'harmonie du langage et
des émotions qu'il retrace, nous enivre de la puissance de sentir et d'admirer; et ce n'était plus pour
moi que ces plaisirs étaient faits! je ramenai l'entretien sur les écrits plus sévères des philosophes.
Asham considère Platon comme une âme prédes-
tinée au christianisme, mais lui-même et la plupart
des anciens sont trop fiers des forces intellectuelles de l'esprit humain; ils jouissent tellement de la
faculté de penser, que leurs désirs ne se portent
point vers une autre vie, ils croient pouvoir l'évo-
quer en eux-mêmes par l'énergie de la contemplation: jadis aussi je goûtais les plus pures délices

en méditant sur le ciel, le génie et la nature. A ce souvenir un regret insensé de la vie s'empara de moi; je me la représentai sous des couleurs auprès desquelles le monde à venir ne me paraissait plus qu'une abstraction sans charmes. Quoi, me disais-je, l'éternelle durée des sentimens vaudra-t-elle cette succession de crainte et d'espoir qui renouvelle si vivement les affections les plus tendres? La connaissance des secrets de l'univers égalera-t-elle jamais l'attrait inexprimable du voile qui les couvre? La certitude aura-t-elle le prestige décevant du doute? L'éclat de la vérité donnera-t-il jamais autant de jouissances que sa recherche et sa découverte? La jeunesse, l'espoir, le souvenir, l'habitude, que seront-ils si le cours du temps est arrêté? Enfin, l'Etre suprême dans toute sa splendeur pourra-t-il faire à sa créature un plus beau présent que l'amour?

Ces craintes étaient impies, je le confesse humblement devant vous, mon digne ami. Asham, qui dans notre entretien de la veille semblait moins religieux que moi, reprit bientôt tout son avantage sur ma douleur rebelle. — Vous ne devez pas, me dit-il, vous servir des bienfaits mêmes pour mettre en doute la puissance du Bienfaiteur: cette vie que vous regrettez, qui l'a faite? et si ses imcomplètes jouissances vous semblent d'un tel prix, pourquoi les croyez-vous irréparables? Certes, notre imagination même peut concevoir mieux que cette terre, mais quand elle n'y parviendrait pas, est-ce à nous de considérer la Divinité comme un poëte qui ne saurait créer une seconde oeuvre plus belle que la première? — Cette simple réflexion me fit rentrer

en

en moi - même, et je rougis de l'égarement où m'avait plongée l'angoisse de la mort. Oh mon ami, qu'il en coûte pour creuser cette pensée! Des abîmes toujours plus profonds s'entr'ouvrent sous ses abîmes.

Dans quatre jours je n'existerai plus; cet oiseau qui vole dans les airs me survivra, j'ai moins d'avenir que lui; les objets inanimés qui m'entourent, conserveront leur forme, et rien de moi ne subsistera sur la terre, que le souvenir de mes amis. Inconcevable mystère de l'esprit, qui prévoit sa fin ici - bas et ne peut la prévenir. La main retient les rênes des coursiers qui nous conduisent, la pensée ne peut conquérir un instant sur la mort. Pardonnez ma faiblesse, ô mon père en religion, vous qui m'avez tendrement chérie; nous serons réunis dans le ciel, mais entendrai - je encore cette voix si touchante qui m'annonçait un Dieu de bonté? mes yeux contempleront - ils vos traits vénérables? Oh Guilford, ô mon époux, vous dont la noble figure est sans cesse présente à mon coeur, vous retrouverai - je, tel que vous êtes, parmi les anges dont vous étiez l'image sur la terre? Mais que dis - je? Mon âme sans force ne sait souhaiter par delà le tombeau que le retour de la vie actuelle!

(Jeudi)

Mon époux m'a fait demander de me voir aujourd'hui pour la dernière fois. J'ai refusé cet instant dans lequel la joie et le désespoir se confondraient de trop près. J'ai craint de n'être plus résignée; vous l'avez vu, mon coeur a trop d'attachement au bonheur, il n'y fallait pas retomber.

Mon père, m'approuvez - vous? ce sacrifice n'a - t - il pas tout expié? je ne crains plus maintenant que l'existence me soit encore chère.

(Le matin même de l'exécution)

Oh mon père, je l'ai vu! il marchait au supplice d'un pas aussi ferme que s'il eût commandé ceux qui l'y conduisaient. Guilford a levé les yeux vers ma prison, puis il les a portés plus haut, je l'ai compris : il a continué sa route. Au détour du chemin qui mène à la place où la mort est préparée pour nous deux, il s'est arrêté pour me revoir encore; ses derniers regards ont béni celle qui fut sa compagne sur le trône et sur l'échafaud.

(une heure après)

On a porté les restes de Guilford sous les fenêtres de la Tour, un linceul couvrait son corps mutilé, à travers ce linceul une image horrible s'est offerte. . . . Si le même coup ne m'était pas réservé, quelle est la terre qui pourrait porter le poids de ma douleur! mon père, quoi j'ai pu regretter si vivement le jour! Oh sainte mort, don du ciel comme la vie, c'est vous qui maintenant êtes mon ange tutélaire, c'est vous qui me rendez du calme. Mon souverain Maître a disposé de moi, mais puisqu'il me réunit à mon époux, il ne m'a rien demandé qui surpassât mes forces, et je remets sans crainte mon âme entre ses mains.